Thommie Bayer

Das Glück meiner Mutter

Thommie Bayer

Das Glück meiner Mutter

Roman

PIPER

Mehr über unsere Autorinnen, Autoren und Bücher:
www.piper.de/literatur

Wenn Ihnen dieser Roman gefallen hat, schreiben Sie uns unter Nennung des Titels »Das Glück meiner Mutter« an *empfehlungen@piper.de*, und wir empfehlen Ihnen gerne vergleichbare Bücher.

Von Thommie Bayer liegen im Piper Verlag vor:
Der langsame Tanz
Der Himmel fängt über dem Boden an
Die gefährliche Frau
Spatz in der Hand
Singvogel
Einsam, zweisam, dreisam
Eine kurze Geschichte vom Glück
Eine Überdosis Liebe
Aprilwetter
Fallers große Liebe
Die frohe Botschaft abgestaubt
Heimweh nach dem Ort, an dem ich bin
Das Aquarium
Vier Arten, die Liebe zu vergessen
Die kurzen und die langen Jahre
Weißer Zug nach Süden
Seltene Affären
Das innere Ausland

FSC
www.fsc.org
MIX
Papier aus verantwortungsvollen Quellen
FSC® C014496

ISBN 978-3-492-05726-4
2. Auflage 2021

Gesetzt aus der der Bembo
Satz: Satz für Satz, Wangen im Allgäu
Druck und Bindung: GGP Media GmbH, Pößneck
Printed in Germany

È tutta stesa al
sole, vecchio,
questa vecchia storia.
Francesco De Gregori

Für Jone

Wie oft hatte ich mir als Kind gewünscht, meine Mutter würde diesen kalten, schweigenden Mann verlassen, wie oft versucht, sie dazu anzustiften, aber als sie eines Tages den Mut aufbrachte, kam er mir abhanden.

Ich war in Kathrin aus meiner Klasse verliebt, die mich zwar nicht beachtete, aber das würde sich ändern, wenn ich erst mit meiner Band beim Schulball aufgetreten wäre. Wir probten im Keller unseres Bassisten, dem auch die Gesangsanlage gehörte, weil sein Vater Bauunternehmer war und ihm jeden Wunsch von den Augen ablas. Mitten in *More than this* von Roxy Music hämmerte es an die Kellertür, und Svetlana, die Haushälterin, rief mich ans Telefon.

Als sie sagte, meine Mutter sei dran, rannte ich die Treppe hoch. Ich dachte, etwas Schlimmes sei passiert. Meine Mutter hatte noch nie dort angerufen.

Sie lade mich zum Eis ein, sagte sie, ob sie mich nach der Probe abholen solle oder wir uns lieber in der Stadt beim Cortina treffen wollten.

»Cortina«, sagte ich, um zu vermeiden, dass meine Bandkumpels sich über ihre Zärtlichkeiten lustig machen würden. Meine Mutter konnte ihre Hände einfach nicht bei sich lassen. Immer musste sie an mir herumzupfen, mir durch die Haare wuscheln, mich anfassen oder sich bei mir unterhaken. Sie war mir nicht peinlich – diese Phase hatte ich schon hinter mir –, aber ich wollte nicht, dass die anderen mir einen Spitznamen verpassten, der irgendwie an einen Teddybär oder Schoßhund erinnerte.

~

Mein Bananensplit und der Früchtebecher meiner Mutter standen noch nicht auf dem Tisch, als sie mich fragte, ob ich mit ihr nach Italien ziehen würde.

»Ohne den Alten?«

»Ohne deinen Vater. Ja.«

Sie ignorierte den Balztanz des Kellners beim Servieren, wie sie auch die Unruhe unter den Männern an den umliegenden Tischen und das forcierte Lachen und Reden der Frauen ignorierte. Sie wusste, was vor sich ging, wo immer sie auftauchte, und seit ich selbst eine etwas weniger vage Vorstellung von dem hatte, was die Evolution mit Männern und Frauen vorhat, glaubte ich auch, dass sie es genoss, aber sie ließ sich niemals etwas anmerken und spielte ohne Patzer und Versprecher die Rolle der makellosen, zu jedermann freundlichen und über jeden Zweifel erhabenen Lehrerin und Pfarrersfrau.

Ich weiß noch, dass in der Musikbox *Pazza Idea* von Patty Pravo lief, als ich fragte: »Wieso Italien?«

Sie habe dort im letzten Jahr einen Mann kennengelernt, sagte sie und sah mich an. Sie schrieben einander postlagernde Briefe seither, er sei Offizier bei der amerikanischen Armee, in Livorno stationiert, Witwer, habe eine vierjährige Tochter und bitte sie, ihn zu heiraten. »Er ist es wert«, sagte sie.

Ich dachte an Kathrin, an den Bandwettbewerb im September, auf den wir uns jetzt schon vorbereiteten, die Lehrer, die mich mochten, und die pompöse Flachmusik aus Italien, denn jetzt drangen die ersten Zeilen von *Piccola e fragile* von Drupi aus dem Inneren des Cortina, ich dachte daran, dass Soldaten, zumal amerikanische, das Letzte waren und ich allenfalls mit einer gleichaltrigen oder älteren Schwester etwas anfangen konnte, und ich glaube, meine Mutter sah mir an, dass mir ihre Befreiung solche Opfer nicht wert war, denn sie sah schon traurig aus, bevor ich sagte: »Ich kann dich doch auch in den Ferien besuchen. Die vier Jahre, bis ich achtzehn bin, halte ich jetzt auch noch mit ihm aus.«

»Nein«, sagte sie. »Ohne dich geh ich nicht.«

Wir schwiegen beide. Meine Mutter tat so, als höre sie dem Lied zu, schloss die Augen und wiegte den Kopf hin und her, und ich tat so, als schmecke mir das Eis, das ich am liebsten von mir weggeschoben hätte, denn mein Egoismus und meine Feigheit hatten mir den Appetit verdorben.

Ich versuchte mir einzureden, der Ami sei bestimmt ein Blender, er wolle meine Mutter nur als Trophäe, bei ihm erwarte sie über kurz oder lang dieselbe Einsamkeit, der sie zu entkommen hoffte, einen guten Mann konnte sie doch auch hier finden, sie brauchte doch nur mit den Fingern zu schnippen. Sie konnte jeden haben.

Es war der siebzehnte Mai, der Tag vor meinem vierzehnten Geburtstag, mein Vater saß zu Hause an seiner Predigt, meine Mutter versuchte, sich ihre Enttäuschung nicht weiter anmerken zu lassen, verlor ein Stückchen Ananas vom Löffel und wischte mit ironisch hochgezogenen Augenbrauen den Fleck von ihrem hellgrünen Sommerkleid mit blauen, orangefarbenen und weißen Blüten, während *Ti amo* von Umberto Tozzi abrupt abbrach, weil die antike Rock-Ola-Musikbox samt ihrem längst veralteten Inhalt just in diesem Moment für immer den Geist aufgegeben hatte.

Meine Mutter wurde jetzt von einer Gruppe Mädchen umringt, die wissen wollten, was man alles für das Pfingstlager in der nächsten Woche einpacken sollte, und sie versprach, eine Liste zu schreiben und am Samstag in der Schule zu verteilen. Mir schob sie währenddessen einen Umschlag zu, in dem hundert Mark steckten, fünfzig von ihr, fünfzig von meinem Vater, mit denen ich, zusammen mit Erspartem, endlich den Chorus-Effekt für meine Gitarre kaufen konnte, den ich für die Songs von Police brauchte.

~

Das Thema kam nicht wieder zur Sprache. Unser Leben ging noch ein paar Jahre so weiter. Am Esstisch redeten sowohl mein Vater als auch meine Mutter nur mit mir, nie miteinander, und wenn es sich nicht vermeiden ließ, den jeweils anderen zu erwähnen, dann klang das sarkastisch. Auch das Schweigen klang sarkastisch.

Nach dem sonntäglichen Gottesdienst oder bei anderen kirchlichen Veranstaltungen gaben sich die beiden als das stabile Ehepaar mit dem charismatischen Mann, den die Gemeinde ob seiner Klugheit und Güte verehrt, und der tüchtigen, bezaubernden Frau, die alles unter einen Hut bekommt: Gemeindearbeit, Schule, Familie und Ehrenämter. Erst wenn sich die Wohnungstür im ersten Stock des Pfarrhauses hinter ihnen schloss, fiel der Ausdruck entspannter Freundlichkeit von ihren Gesichtern wie pulverisierte Schminke, und mein Vater verschwand in sein Arbeitszimmer.

~

Nach dem Tag, an dem die Rock-Ola ihr Leben ausgehaucht hatte, veränderte sich meine Mutter. Sie weinte nicht mehr heimlich, oder sie verbarg es noch besser vor mir, sie sang nicht mehr, wenn wir allein zu Hause waren, ihr Interesse an meinen Plänen und Träumen nahm ab, und sie wuschelte mir immer seltener und irgendwann gar nicht mehr durch die Haare. Ihr Stapel von Kunstbüchern und Reiseprospekten wurde immer höher, sie zog sich allmählich aus der Gemeindearbeit zurück und fuhr in den Ferien mit ihrem kleinen Renault alleine durch Europa oder schloss sich geführten Reisegruppen an, die Kirchen, Schlösser und Museen besuchten.

Mein schlechtes Gewissen vergaß ich bald wieder, denn ich war mit anderem beschäftigt. Liebeskummer und Enttäuschung, denn Kathrin war schon mit ihren Eltern nach Brüssel gezogen, als unser Auftritt beim

Schulball mit Schulterzucken hingenommen wurde, weil wir zu wenige von den angesagten Hitparadensongs spielten. Zum Bandwettbewerb wurden wir nicht zugelassen, mit der Begründung, der Schlagzeuger und ich seien zu jung für eine Abendveranstaltung. Außerdem wurde nach und nach meine Vorstellung von den Plänen der Evolution genauer und bald zur Hauptsache, der alles andere untergeordnet war: Schule, Musik, Eltern und sogar die Kriminal- und Science-Fiction-Romane, die ich bis dahin in jeder freien Minute gelesen hatte.

1

Ich saß im ICE von Nürnberg nach Frankfurt und dachte auf einmal wieder an meine Mutter, weil im Bahnhof Aschaffenburg die Anzeigetafel am Nebengleis den Regionalexpress nach Wertheim ankündigte. Ich war seit ihrem Tod vor drei Jahren ein einziges Mal dort gewesen, obwohl ich eigentlich vorgehabt hatte, alle drei Monate ihr Grab zu besuchen. Ich fragte mich, ob die längst fortgezogene Familie Scaremme so klug gewesen war, die alte Musikbox mitzunehmen, anstatt sie auf den Müll zu werfen, denn inzwischen würden Sammler dafür ein Vermögen hinblättern, ich fragte mich, ob noch mehr als zehn alte Omas am Sonntag in die Kirche gingen, und ich nahm mir vor, auf dem Rückweg dort vorbeizufahren.

Nein, es lag nicht an der Anzeigetafel – es lag am Datum: siebzehnter Mai. Vor genau fünfunddreißig Jahren hatte mich meine Mutter gefragt, ob ich mit ihr wegziehen würde.

Ich war auf dem Weg nach Frankfurt, um dort das Geburtstagsgeschenk abzuholen, das ich mir selbst gemacht hatte, einen weißen Mini Countryman Cooper S mit schwarzem Dach und nur knapp zehntausend Kilometern auf dem Tacho, den ich mit roter Nummer nach Nürnberg fahren und dort anmelden würde, um dann für eine Woche mit ihm zu verreisen.

Erst jetzt, da mir meine Mutter in ihrem hellgrünen Sommerkleid wieder als strahlende, wenn auch traurige Vierzigjährige vor Augen stand, fiel mir auf, dass mein Ziel, eine kleine Stadt in der westlichen Toskana, nur einen Steinwurf von Livorno entfernt lag. Na ja, Steinwurf war vielleicht falsch, aber viel mehr als fünfzig Kilometer würden es nicht sein.

~

In der Taxischlange vor dem Frankfurter Hauptbahnhof nahm ich meine Geldbörse aus der Gesäßtasche und steckte sie in die seitliche Hosentasche, weil mir die Nähe zu Fremden unangenehm war und ich mich an eine Szene in Paris erinnerte. Dort waren meine Mutter und ich im Gedränge der Metrostation Saint Michel tief unter der Erde an den Schranken, die sich nur öffneten, wenn man sein Billet einsteckte, geschubst und angerempelt worden, und kurz darauf hatte sie entdeckt, dass ihre Brieftasche weg war. Zum Glück hatte sie darin nur Geld und einen Kalender verwahrt und Ausweis, Scheckkarte und Führerschein im Hotel gelassen.

Als ich ins Taxi stieg, nahm der Fahrer ein kleines Paket von der Rückbank und legte es neben sich auf den Vordersitz. Ich nannte ihm die Adresse in der Hanauer Landstraße und überlegte mir, ob in dem Päckchen Geld oder Drogen sein konnten. Ich spiele immer mit den Anblicken, die sich vor mir auftun, weil ich Kriminalromane schreibe und jedes Stückchen Wirklichkeit brauchen kann. Ich machte mir eine Notiz: *Taxi, Drogen, Geldwäsche,* und als ich mein Handy wieder einsteckte, fuhren wir über den Main.

Auf der Fahrt zum Ostbahnhof fiel mir jeder vorbeifahrende Mini auf, das war schon seit ein paar Jahren so, seit ich von einer Buchhändlerin mit einem vom Bahnhof abgeholt und zum Hotel gefahren worden war. Das verspielte, etwas kindliche und gleichzeitig protzige Interieur hatte mich damals zuerst amüsiert, und dann gefiel es mir. Jetzt freute ich mich darauf, endlich in mein eigenes Spielzeug einzusteigen und damit loszufahren.

~

Die Formalitäten waren schnell erledigt, ich unterschrieb den Kaufvertrag und eine Erklärung, in der ich mich verpflichtete, das Fahrzeug binnen dreier Werktage anzumelden und die roten Nummernschilder zurückzuschicken, dann brachte mich Herr Bosic zu meinem blitzblanken, makellosen Auto, das ich zuerst umkreiste, tätschelte und dann an der Fahrerseite öffnete, um einzusteigen.

Herr Bosic setzte sich zu mir auf den Beifahrersitz und gab mir eine Einweisung, wie ich mit dem Navi sprechen musste, wie Klimaanlage, Tempomat, Radio, Licht und Scheibenwischer funktionierten, falls ich deren Schalter nicht auf Automatik stehen ließe. Ich stellte mir den Sitz ein und streichelte das Lenkrad.

»Mit dem werden Sie viel Freude haben«, sagte Herr Bosic und stieg aus.

Ich stieg ebenfalls aus, um ihm die Hand zu schütteln, er wünschte mir gute Fahrt und wartete, bis ich wieder eingestiegen und losgefahren war. Mit einem peinlichen Hüpfer und aufheulendem Motor, weil ich im ersten Gang zu viel Gas gegeben hatte. Er lächelte und winkte, ich winkte ebenfalls und zog davon. Allerdings nur bis zur Einfahrt eines Aldi-Markts, wo ich in Ruhe das Navi fütterte, um so schnell wie möglich auf die A 3 nach Würzburg zu kommen. Das war nicht nötig, wie sich herausstellte, denn die Auffahrt zur A 661 lag ein paar Hundert Meter weiter direkt an meiner Straße.

Die Freude, die Herr Bosic mir versprochen hatte, stellte sich augenblicklich ein, obwohl ich mich noch einige Male mit dem Schalten beziehungsweise dem Gaspedal vertat. Aber ich war froh um das Stück Trainingsparcours, bedankte mich bei der Navistimme für ihre präzisen Anweisungen, ließ das Fenster herunter, um den Fahrtwind zu spüren, und schloss es erst wieder, als ich beim Offenbacher Kreuz von der 661 auf die A 3 und dort nach dem Einfädeln bei der ersten Gelegenheit auf die Überholspur wechselte.

~

Beim Rasthof Würzburg, während ich auf den Parkplatz rollte, verschob ich den Besuch in Wertheim auf ein andermal. Es war kurz vor vier, und ich würde auf der Bundesstraße in den Feierabendverkehr geraten, im Süden war der Himmel grauschwarz und sah nach Gewitter aus – was sollte ich im Regen durch die Stadt oder über den Friedhof spazieren, mein schönes neues Auto aus den Augen lassen und womöglich irgendeinen Bekannten oder Schulkameraden treffen, der mich zu einem Gespräch über alte Zeiten nötigen würde. Danach war mir nicht.

Ich stieg aus und umkreiste den Wagen wieder, wie schon beim Autohaus, lauschte dem unregelmäßigen Ticken des abkühlenden Auspuffs, wischte mit einem Tempotaschentuch ein paar tote Fliegen von den übellaunig heruntergezogenen Mundwinkeln des Kühlergrills und sah mir mein bulliges, schwarz-weißes Geburtstagsgeschenk aus verschiedenen Blickwinkeln an.

Neunundvierzig. Meine dreißig Jahre alten Jeans passten mir noch, meine Haarfarbe war dieselbe wie beim Kauf dieser Jeans. Nur im Bart, wenn ich ihn stehen ließe, wären zwei graue Flecken wie seinerzeit bei Georges Moustaki, den meine Mutter so geliebt hatte. *Le Métèque* und *Ma Solitude* hatte sie oft vor sich hin gesungen und *Sacco et Vanzetti* an den Lagerfeuern der Pfadfinder immer wieder spielen müssen, weil alle mitsingen konnten.

Die ersten fünf Akkorde auf der Gitarre hatte sie mir mit *House of the Rising Sun* beigebracht. Die reichten dann auch fast schon für *Suzanne*, das jahrelang unser gemeinsames Lieblingslied war. Meine Mutter hütete die Schallplatte und kaufte sie nach, als wir irgendwann die Knackser und Hüpfer nicht mehr überhören konnten.

Ihr hätte der Mini auch gefallen. Unsere letzte gemeinsame Reise vor fünf Jahren hatten wir in meinem alten Jaguar unternommen, und sie lobte dessen Schönheit bei fast jedem Aus- und Einsteigen. Wir waren einfach losgefahren in Richtung Brenner, hatten am ersten Abend in Meran Station gemacht und es schließlich bis Rom geschafft.

Leider hatte sie da schon Schwierigkeiten mit dem Gehen, und wir mussten immer wieder Pausen machen und nach kurzer Zeit umkehren. Sehen konnten wir auf diese Weise nicht mehr allzu viel, aber das Sehen war ihr ohnehin nicht so wichtig, wie einfach in Bewegung zu sein.

Auf den ersten Reisen, die ich mit ihr zusammen gemacht hatte, war es mir schwergefallen, das zu verstehen, denn schon als Kind hatten ihre Kunstbuchstapel und Erzählungen bei mir den Eindruck erweckt, sie glühe leidenschaftlich für Malerei, Architektur und Kunsthandwerk. Auf die Idee, dass all diese Sehenswürdigkeiten nur eine Art Alibi sein könnten, kam ich damals nicht. Aber ich blätterte selbst immer wieder in den Prachtbänden. Sie übten eine merkwürdige Anziehungskraft auf mich aus.

Vielleicht war ich deshalb auch später in Erlangen bei Kunstgeschichte und Romanistik gelandet, nachdem ich alles dafür Nötige beisammenhatte, Abitur mit mittelmäßigem Notendurchschnitt, Führerschein, einen roten Alfa Giulia und die angesagten Diesel-Jeans.

Bis zum Abschluss kam ich nicht, weil mein Eifer nach wenigen Semestern erlahmt war und ich mir keinen Beruf vorstellen konnte, für den ich das Diplom brauchen würde. Außerdem spielte ich in einer Nürnberger Band, die eine Zeit lang recht erfolgreich war, widmete mich der Liebe mit wechselnden Freundinnen und betrieb mein Studium bald nur noch wie ein Hobby. Im siebten Semester gab ich auf und konzentrierte mich ganz auf den Nebenjob, der mir zwischenzeitlich zugefallen war – Übersetzungen italienischer Krimis für einen kleinen Nürnberger Verlag zu lektorieren. Ich hatte zwei Auslandssemester in Bologna verbracht und mir davor und danach Italienischunterricht bei einer Dozentin, in die ich verliebt war, geleistet. Sie hatte mich nie erhört, also waren auch nie negative Gefühle zwischen uns getreten, und ich konnte sie nach idiomatischen Wendungen fragen, als ich mich später selbst als Übersetzer versuchte. Besonders gut waren die Übersetzungen, die ich machte, wohl nicht, dafür auch nicht besonders gut bezahlt, aber sie brachten mich in Kontakt mit einem großen Münchner Verlag, dem ich dann irgendwann mein erstes eigenes Manuskript anbieten konnte.

Dass ich mich schon vor dem Studium für alles Italienische interessierte und bald auch begeisterte, mag eine küchenpsychologische Erklärung haben, nämlich die, dass es mich noch immer beschämte, nicht meiner Mutter zuliebe dort hingezogen zu sein, aber egal aus welchem Grund, dieses Land übte eine immer größere Faszination auf mich aus, je mehr ich davon erfuhr und kennenlernte, und irgendwann stellte ich fest, dass ich mich spätestens in Rovereto lebendiger und wacher fühlte als dort, wo ich herkam. Als wohnte in mir eine italienische Seele, die ich leider zu spät entdeckt hatte.

~

Weil ich seit dem Frühstück nichts gegessen und das Angebot im Speisewagen auf der Hinfahrt verschmäht hatte, protestierte mein Kreislauf, und ich kaufte ein Sandwich zu dem Cappuccino, nahm beides mit nach draußen, setzte mich in den Wagen und öffnete das Dach und alle vier Fenster. Das Thermometer zeigte vierunddreißig Grad an, die Sonne stach und glasierte die Umgebung mit hyperrealistischem Licht. Ich bemerkte, dass sich die Gewitterwolken von Süden her auf mich zubewegten. Noch war kein Wind zu spüren, aber in einer halben Stunde konnte es schon losgehen.

Ich beeilte mich deshalb mit Essen und Kaffee und beschloss, die Zigarette, die ich danach rauchen wollte, nicht gemütlich im Stehen, sondern lässig wie Belmondo beim Fahren zu genießen.

~

Es klappte. Ich fuhr dem Wetter davon und kam ohne Wasserflecken oder gar Hagelschäden nach Hause, fand einen Parkplatz wenige Meter von meiner Haustür entfernt und sah mir das Auto noch eine Weile vom Gartentor aus an. Das Dröhnen von der Autobahn blieb noch in meinem Kopf. Immer wenn ich schneller als hundertzwanzig gefahren war, hatte sich das Rauschen von Reifen und Fahrtwind mit dem Brummen des Motors zu einem konstanten Lärm vermischt.

Auf dem Weg zu meiner Wohnung, der obersten im Haus, sah ich einen Zettel auf der untersten Stufe des letzten Treppenabsatzes liegen. *Willst du mit uns essen? Halb acht?*

Ich klopfte an die Tür, und Martina öffnete. »Gern«, sagte ich, »was gibt's.«

»Pommes frites und Tomatensalat. Für Nick und mich noch Fischstäbchen dazu.«

»Kann ich was helfen?«

»Pommfritze schneiden. Geschält hab ich die Kartoffeln schon.«

»Gut, bis gleich«, sagte ich und ging nach oben, um mir die Hände zu waschen, das Jackett an den Haken zu hängen und eine Flasche Carmenère aus dem Regal in der Speisekammer zu nehmen. Ich rauchte noch eine Zigarette am Fenster meines Arbeitszimmers, von dem aus ich die Straße übersehen konnte, und schaute mir den Mini von oben an.

Mein Arbeitszimmer war aufgeräumt, der Schreibtisch leer wie bei einem Wirtschaftsboss oder Diktator, nichts wies auf Arbeit hin, kein aufgeschlagenes Buch, keine Stapel von Zetteln oder ausgedruckten Unterlagen, sogar der Aschenbecher glänzte. Ich war vor einer Woche mit zwei Projekten fertig geworden, die ich am Ende parallel gestemmt hatte, weil eines vor einem halben Jahr verschoben werden musste, sodass die Abgabetermine nur noch zwei Wochen auseinanderlagen.

So etwas lasse ich normalerweise nicht zu, ich plane sorgfältig und arbeite diszipliniert, aber diesmal hatte ich mich mit dem Rechercheaufwand des einen verschätzt und viel mehr Zeit gebraucht, weshalb ich den Verlag bitten musste, die Veröffentlichung eine Saison später einzuplanen.

Wenn ich mit einem Buch fertig bin, werfe ich mit Erleichterung und einem gewissen Triumphgefühl alles weg, was ich dafür gebraucht habe. Das Literaturarchiv in Marbach wird sich nicht für meine Notizen und Rechercheunterlagen aus dem Fenster lehnen, und irgendein Student wird sich, wenn überhaupt je, für seine Abschlussarbeit allenfalls an der Darstellung heteronormativer Geschlechterrollen oder der Erwähnung von Markenartikeln abarbeiten – die Entstehung meiner Manuskripte interessiert niemanden.

Unter meinem eigenen Namen schreibe ich Geschichten, in denen ganz normale Leute in kriminelle Aktivitäten verwickelt werden, oft ohne ihr eigenes Zutun, aber manchmal auch durch kleine Sünden, Gelegenheiten, die sie spontan ergreifen, ohne die Folgen zu bedenken, oder Intrigen, deren Opfer sie anfänglich sind, bis sie dann selbst zu Tätern werden. Mein Name klingt wie ein Pseudonym: Phillip Dorn.

Unter dem wirklichen Pseudonym Carlo Spinoso schreibe ich eine Reihe, die sich um einen frühpensionierten Polizisten dreht, der mit seiner italienischen Frau nach Florenz gezogen ist und dort als Privatermittler für die Oberschicht allerlei dunkle Machenschaften aufklärt.

Ich leiste mir den Luxus, ohne explizite Grausamkeiten, Serienkiller und psychopathische Frauenfolterer auszukommen, entziehe mich dem Wettlauf um das immer noch perversere Blutbad und komme damit ganz gut über die Runden.

Jedes Mal, wenn ich alles losgeworden bin, fühle ich mich nicht mehr so richtig wohl in meiner Wohnung. Ich weiß dann nichts mit mir anzufangen und brauche eine gewisse Zeit, um mich vom Roboter in den Müßiggänger zurückzuverwandeln. Ich lese dann zwar endlich wieder, gehe auch mal ins Kino oder leihe mir über das wirklich Wichtige, nämlich Gefühle oder Personen, austauschen zu können.

In der weit überwiegenden Zeit, die nicht von Bettinas Umsichschlagen getrübt wurde, waren wir ein glückliches und liebevolles Paar, sie verstand und unterstützte, dass ich viel Zeit mit meiner Mutter verbrachte, holte mich mit fröhlicher Ignoranz aus deprimierten Stimmungen und freute sich mit mir über Erfolge, die ich alleine einfach so hingenommen hätte, mit ihr aber feierte und genoss.

Ihr Humor war frei von Schadenfreude, ihr Interesse an anderen Menschen aufrichtig und freundlich, ihre Spontaneität anstrengend, aber entwaffnend, und wenn sie in einer Sommernacht um elf noch im Jägersee schwimmen wollte, ließ ich dafür alles andere stehen und liegen.

Wenn sie mich ihren Freundinnen als perfekten Hausmann vorstellte, spielte ich mit, obwohl das weder stimmte noch meinem Selbstwertgefühl bekam, und wenn sie erschöpft von ihrer Arbeit in der Nachrichtenredaktion nach Hause kam, ließ ich ihr ein Bad ein und stellte etwas zu essen auf den Tisch.

Nachdem sie gegangen war, brauchte ich lange, fast zwei Jahre, um sie nicht mehr zu vermissen. Und ich hatte einen Knacks weg. Ich wollte nicht mehr. Das immer gleiche Spiel von Anziehung und Abwehr, Verschmelzung und Selbsterhalt schien mir aus der neu gewonnenen Distanz auf einmal öde und vorhersehbar, alles lief auf Abnutzung und Missverstehen hinaus, als könne es Liebe zwischen zwei Menschen nur in Phasen geben, nach deren Ablauf man sich die eigene Ernüchterung so lange nicht eingestand, bis ein äußeres Ereignis, eine neue Verliebtheit, ein Job in einer anderen Stadt oder ein irreversibel verletzender Streit für klare Verhältnisse sorgte.

~

Nick räumte das Geschirr in die Spülmaschine, ich steckte den Korken auf die halb volle Weinflasche, und Martina nahm den Schlüssel vom Haken. Es war immer noch so warm, dass wir keine Jacken brauchten.

»Der guckt wie ein Boxer«, sagte Nick, als wir unten vor dem Auto standen, »gibst du ihm einen Namen?«

»Noch nicht drüber nachgedacht«, sagte ich, während ich die Beifahrertür für Martina öffnete, »hast du eine Idee?«

»Joe Louis«, sagte er.

»Woher kennst du denn *den?*«

»Internet.«

»Joe ist gut. Anschnallen.«

Ich fuhr brav mit dreißig bis zum Stadtgraben, dann rechts zum Planetarium und durch Gostenhof zum Frankenschnellweg, wo ich ab Fürth immerhin mit hundert dahinziehen durfte. Martina probierte währenddessen verschiedene Beleuchtungseinstellungen für die Armaturen durch, und Nick hatte sich so gesetzt, dass er zwischen uns beiden nach vorne schauen konnte. Er war begeistert.

»So einen will ich zum Führerschein«, sagte er, und Martina schlug vor, er solle rechtzeitig anfangen, seinen Vater zu bearbeiten, damit dieser das Geld zusammensparen könne.

halb so viel Gepäck ausgekommen war. Und das als Frau, die wusste, dass üblicherweise aller Augen auf sie gerichtet sein würden. Sie hatte ein solches Geschick beim Kombinieren, dass ihr Koffer in zehn Minuten gepackt und sie immer gut angezogen war.

In diesem Moment wäre es mir recht gewesen, sie am nächsten Morgen abzuholen und in den Süden zu chauffieren. Sie hatte das Reisen mit mir genossen, irgendwann war es das Einzige geworden, worauf sie sich freute in ihrem immer gleichförmigeren und einsameren Leben.

Den Menschen, die ihr nicht wegstarben, gab sie selbst nach und nach den Laufpass, so als wolle sie ihr Leben ausleeren, um irgendwann mit leichtem Gepäck daraus zu verschwinden. Dabei war sie immer ein geselliger und kommunikativer Mensch gewesen, hatte sich wohlgefühlt mit anderen, sich gesonnt in deren Zuneigung und diese mit Freundlichkeit und Unterstützung vergolten, aber irgendwann waren die Männer tot und nur noch Frauen übrig geblieben, die ihr nachtrugen, dass ihre Gatten früher nicht die Augen von ihr gelassen hatten. Meine Mutter spürte das und löste sich.

Und bei jedem Besuch nötigte sie mir Bücher auf, die sie nicht mehr lesen würde, und kramte so lange in Schränken und Schubladen, bis sie irgendetwas, einen Aschenbecher aus Silber oder ein Kästchen aus Halbedelsteinen, gefunden hatte, das ich unbedingt mitnehmen sollte.

~

Ich schlief schlecht und träumte von Papierstapeln, die nicht liegen bleiben wollten, sondern entweder auf einer schrägen Tischplatte abrutschten oder von Windböen im ganzen Raum verteilt wurden, von einem Kind, das in einer fremden Sprache flehentliche Appelle an mich zu richten schien, von einer Katze, die seelenruhig neben mir durch Grand Central in New York spazierte, und jedes Mal wachte ich kraftlos, angstvoll oder erschüttert auf, nur um festzustellen, dass es noch immer Nacht war.

restlos blau war, den Tempomaten hatte ich kurz davor auf hundertdreißig eingestellt, und ich überlegte, ob ich von der Autobahn abfahren und an der Westseite des Gardasees nach einer Unterkunft für die Nacht suchen, mich von Riva nach Saló am Ufer entlanghangeln und meinen aufgegebenen Träumen von einem Domizil zwischen Zitronenbäumen nachhängen sollte, aber es war erst Nachmittag, viel zu früh, um schon den Schwung zu verlieren, also überließ ich mich der Magie des beständigen Vorankommens und dachte erst in der Nähe von Verona wieder daran, mein Tempo zu drosseln.

~

Vor vierzehn Jahren war ich hier mit Bettina gestrandet. Wir hatten nach Venedig gewollt, aber der Jaguar, mein erster, war einfach stehen geblieben wie ein stures, schlecht gelauntes Muli und hatte, anstatt den Motor zu starten, nur ein spöttisches Husten von sich gegeben. Zum Glück geschah das auf einer Raststätte, und zum Glück schickte die Versicherung einen Abschleppwagen, der uns nach Verona brachte, den Jaguar in die Werkstatt und uns beide zu einer Autovermietung, wo wir einen Mercedes bekamen, mit dem wir unsere Reise fortsetzen konnten.

Das wollten wir an diesem Tag nicht mehr, deshalb suchten wir in der Stadt nach einem Hotel, und weil ich in dieser Zeit mit Drehbüchern für Fernsehkrimis eine Menge Geld verdiente, wählten wir das prächtigste, das wir fanden. Es hieß Gabbia d'Oro und lag um die Ecke der Piazza delle Erbe.

Ich war verliebt und wollte Bettina beeindrucken, spielte den Weltläufigen, der sich lässig unter reichen Leuten bewegt, und hoffte, sie damit von den Skrupeln, weil sie ihren Mann betrog, abzulenken. Sie war zweiunddreißig damals und führte eine Wochenendehe, weil sie in Bamberg beim *Fränkischen Tag* arbeitete und er in Marburg an der Universität.

~

Kennengelernt hatten wir uns in der Buchhandlung ihrer Schwester in Bamberg bei oder besser nach meiner Lesung dort. Die Buchhandlung war klein und konnte sich kein Hotel für mich leisten, am nächsten Tag musste ich weiter nach Kassel, und es war unsinnig, nachts nach Hause in die Gegenrichtung zu fahren, also sollte ich bei der Buchhändlerin übernachten. Die beiden Schwestern wohnten zusammen in einem Loft, einem langen Saal mit hohen Sprossenfenstern, einer von Bücherregalen flankierten Küchenzeile in der Mitte, davor Sofas und Sessel und jeweils an den Schmalseiten einem Bett für jede.

Sie hatten ein kaltes Abendessen vorbereitet mit Wein, Schinken und Melone, gegrilltem Gemüse, Oliven und Käse, wir waren zu fünft mit zwei Lehrlingen, und nachdem die sich verabschiedet hatten, die ersten beiden Flaschen geleert waren und schließlich auch noch der Strom ausfiel, saßen wir bei Kerzenlicht und redeten irgendwann über die Liebe.

Carmen, die Buchhändlerin, hatte einen Freund, von dem sie glaubte, dass er sie betrog. Er war Verlagsvertreter und die ganze Woche unterwegs, und sie wusste nie gewagt, irgendeine Art von erstem Schritt zu unternehmen, aber jetzt streckte ich meine Hand in ihre Richtung – sie saß etwa einen Meter entfernt von mir –, und sie griff danach, fasste mich aber nicht an der Hand, sondern am Handgelenk, ich tat dasselbe, sodass wir einander hielten, als müsse einer von uns den anderen aus einem Abgrund in Sicherheit ziehen.

Eine Zeit lang saßen wir so, dann stand sie auf, flüsterte »leise« und ging mit mir zum Bett. Das Tappen unserer nackten Füße war das einzige Geräusch, das wir dabei machten, die Dielen lagen fest wie ein Steinboden unter uns und gaben kein auch noch so winziges Knarren von sich.

Erst nachdem wir uns aufs Bett gesetzt hatten, küsste sie mich und fuhr mit den Händen unter mein T-Shirt. Ich strich mit meinen über ihre Arme, an ihren Seiten entlang abwärts bis zu den Hüften, so weit ich konnte an den Schenkeln entlang, über die Knie, die Beine hinab, bis ich zurückmusste, weil sich sonst unser Kuss gelöst hätte.

Ich war froh, meine Zähne vorher geputzt zu haben, und dachte, vielleicht war das nicht Manieren geschuldet gewesen, sondern der Hoffnung auf das, was jetzt geschah.

»Wir müssen sehr, sehr leise sein«, sagte sie dicht an meinem Ohr, als wir für einen Moment voneinander ließen, und sie zog mein T-Shirt über meinen Kopf, öffnete die Knöpfe an meiner Hose, zog sich dann ihr eigenes T-Shirt aus, und ich sah zum ersten Mal ihre Brüste im blauen Dämmerlicht, die vom darüberhuschenden weißen eines vorbeifahrenden Autos flüchtig gestreichelt wurden.

Als ich meine Hose losgeworden war, setzten wir uns, langsam, um kein Geräusch zu machen, einander gegenüber im Schneidersitz aufs Bett und ließen unsere Hände über alle erreichbaren Höhen, Tiefen und Ebenen gleiten.

Mit Händen und Mündern machten wir so lange weiter, bis sie in einem langen, geräuschlosen Orgasmus zitterte, und erst dann erlaubten wir uns das letzte Stück Nähe. Sie legte sich auf den Bauch und dirigierte mich in sich hinein, ich kniete auf ihr, rührte mich kaum, in der Hoffnung, mein Glück zu verlängern, aber es war viel zu schön, und ich kam schon nach wenigen Bewegungen. Sie hatte ihre Hand unter sich zwischen den Beinen, und es schien mir, als habe sie einen zweiten Orgasmus zusammen mit mir.

Halb aufeinander- und halb nebeneinanderliegend, die Gesichter einander zugewandt und immer noch konzentriert darauf, unseren Atem nicht zu laut werden zu lassen, lagen wir da, bis Bettina flüsterte: »Jetzt schlafen wir aber wirklich«, und aufstand, um zu ihrer Schwester ins Bett zu schlüpfen.

Bevor ich noch richtig begriff, dass ich so etwas noch nie erlebt hatte, nicht in längeren Beziehungen und erst recht nicht in Fällen wie diesem, beim ersten Zusammentreffen, wo im Allgemeinen Missverständnisse und Ungeschicklichkeiten dominieren, wurde ich tatsächlich müde und versank in einen vermutlich traumlosen, hoffentlich aber geräuschlosen Schlaf. Irgendwann ging das Licht wieder an, und der Kühlschrank brummte, das nahm ich wie im Traum wahr und hörte noch, dass jemand durch den Saal tappte und die Lichtschalter betätigte. Und jemand gab mir einen Kuss auf die Schulter. Dann war ich wieder weg.

~

Am nächsten Morgen hatte ich das Loft für mich allein, nur ein Zettel lag auf der Küchenzeile. *Fühl Dich wie zu Hause, vergiss uns nicht, und fahr vorsichtig, Carmen und Bettina.*

Daneben war ein Frühstück angerichtet, Brötchen, Käse, Wurst und Marmelade, ein Ei im Topf auf dem Herd und eine Tasse vor der feuerwehrroten Espressomaschine.

~

Einen Monat später betraten wir unser Zimmer im Gabbia d'Oro und ließen uns, wie schon im Auto auf einem Waldweg in der Nähe des Chiemsees, ineinanderfallen, empfanden den Luxus und die Schönheit des Zimmers mit seinen brokatbezogenen Einbauschränken, gelben Wänden, Spiegeln und Kupferstichen, dem Marmorrelief im Badezimmer und gelben Rosen auf einem Beistelltisch als Aphrodisiakum, dessen wir nicht bedurften.

»Glaubst du an Schicksal?«, fragte ich sie später, als wir matt und satt nebeneinanderlagen, um den Echos unserer Lust hinterherzuhorchen.

»Da gibt's doch nichts zu glauben. Ein Schicksal hat jeder.«

»Ich meine, Vorbestimmung. Ich meine, dass wir uns treffen mussten.«

»Ich bin auf jeden Fall damit einverstanden. Das Schicksal hat es gut gemeint mit uns. Ob es nun die Macht hatte, uns zusammenzubringen oder nicht, ist mir egal.«

»Ich will dich nie wieder loswerden«, sagte ich, als ich spürte, dass sie wieder an ihren Mann dachte und sich zu schämen begann.

Sie schwieg.

Um das Thema zu wechseln und das Ganze in einen weniger ernsthaften Ton zu überführen, sagte ich noch: »Weißt du, dass ich an dem Abend bei euch daran dachte, wir könnten vielleicht zu dritt ins Bett gehen?«

»Das haben wir fast getan«, sagte sie lächelnd, »Carmen hat es sich selbst gemacht, als wir dabei waren.«

Jetzt schwieg ich. Die Vorstellung verwirrte mich, und ich wusste, weiterer Leichtsinn wäre nicht angebracht.

»Aber wehe, sie erfährt, dass du das weißt«, sagte sie ernst. »Und wehe, du schlägst das jemals vor.«

~

Ich tankte voll und trank einen Espresso Macchiato an derselben Raststätte, an der uns damals mein dunkelroter Jaguar im Stich gelassen hatte, und beschloss, Verona links liegen zu lassen, um noch ein Stück weiterzufahren.

Eigentlich hätte ich gern den kleinen Innenhof besucht, in dem Julias Balkon von Touristen belagert wird, und an der Wand des tunnelartigen Eingangs nach unserer Inschrift *Phillip + Bettina* geschaut – die meiner Eltern hatte meine Mutter mir vor Jahren zeigen wollen, aber sie war nicht mehr aufzufinden gewesen. Ich ließ es sein, ich wollte nicht in Nostalgie versinken, sondern ins Offene fahren. Nicht zuletzt deshalb hatte ich mir einen Ort ausgesucht, an dem ich nie zuvor gewesen war, der keinen Stempel hatte wie so viele andere der schönsten Städte, die ich Bettina voller Stolz zu Füßen gelegt hatte.

~

Meine Mutter hatte an ihrem sechzigsten Geburtstag gesagt, das Reisen mache ihr keine Freude mehr, es sei öde, ohne Begleitung in Hotels herumzusitzen, mit den Frauen, die sie kenne, wolle sie nicht unterwegs sein, die würden ihr nur noch auf die Nerven gehen, Männer gebe es keine, und alleine gereist sei sie jetzt lange genug.

»Und wenn ich mitkomme?«, fragte ich.

»Das ist was anderes. Dann könnte ich dir alles zeigen, was ich in den letzten zwanzig Jahren gesehen habe. Aber hast du nichts Besseres zu tun, als mit einer alten Frau herumzugondeln?«

»Nicht immer«, sagte ich, »und für eine alte Frau hält dich garantiert niemand. Mit dir kann ich angeben, wo immer wir aufschlagen.«

Sie lachte zwar, aber es stimmte. Noch immer war sie der Mittelpunkt des Interesses, auch wenn der erotisch grundierte Anteil daran abgenommen haben mochte, weil ihre inzwischen fast weißen Haare signalisierten, sie könne sich aus dem Spiel genommen haben. Sie blieb die Schönheit, die sie seit ihrer Jugend gewesen war, und so mancher mag sich gewünscht haben, an ihrer Seite etwas von der Bewunderung, die ihr galt, mitzunehmen.

Sie bestand darauf, alles zu bezahlen, es gelang mir nicht, sie umzustimmen, also konnte ich nur hier und da eine Tankquittung unterschlagen, bei Beträgen, die ich ausgelegt hatte, schummeln oder heimlich das Trinkgeld für Kellner oder Zimmermädchen erhöhen.

Anfangs hatte ich Mühe, mich auf sie einzustellen, weil sie fast ununterbrochen redete, sich selbst unterbrach, mich unterbrach, das Thema wechselte, so gut wie nie etwas vertiefen, einen Gegenstand oder Gedanken verstehen und untersuchen wollte, ihr genügte die bloße Erscheinung oder Erwähnung und dass sie selbst und ihr Mund in Bewegung waren. Sobald sich die Räder drehten, legte sie los. Später beobachtete ich das noch öfter bei anderen älteren Leuten. Einsame Menschen reden, sobald sie in Gesellschaft sind, was ihre Einsamkeit unweigerlich perpetuiert, denn die anderen Einsamen reden genauso drauflos.

Ich schaltete irgendwann ab und bekam nur noch Bruchstücke mit, weil ich mir angewöhnte, parallel zu denken.

Dabei hätte ich besser die Ohren gespitzt, denn später, nach ihrem Tod, wurde mir klar, dass ich aus ihrer Vergangenheit nur bruchstückhafte Einzelbilder und Szenen mitbekommen hatte. Eine missgünstige und feindselige große Schwester, die ihr keine Sekunde gefehlt hatte, nachdem sie mit einem GI nach Amerika ausgewandert war, und um die sie keine Sekunde getrauert hatte, als ein Greyhound-Bus mit geplatztem Vorderreifen sie irgendwo in den Wäldern von Maine mitsamt ihrem Auto von einer Brücke in die Tiefe

da seltsam ähnliche ältere Paare in Jeans und T-Shirt, der Mann bärtig, die Frau bewusst grauhaarig, denen ich unterstellte, froh zu sein, dass keiner ihrer Bekannten sie jetzt mit dem Pappbecher in der Hand sehen konnte, dessen gedankenlose Verwendung sie zu Hause vielleicht mit sanfter Entrüstung quittiert hätten.

Ich beschloss, noch bis Parma zu fahren, holte mein iPad aus dem Auto und suchte zuerst nach einem Parkhaus, dessen Adresse ich ins Navi eingab, und dann nach einem Hotel, das ich mit derselben App gleich buchte. Es lag nur ein paar Schritte vom Parkhaus und der Kathedrale entfernt mitten in der Altstadt. Es war günstig und kam mir bekannt vor – vielleicht hatten meine Mutter und ich vor vielen Jahren dort schon einmal übernachtet. Mit Bettina war ich nie in der Stadt gewesen, es hatte immer ein glamouröseres Ziel gegeben.

~

Im Parkhaus gab ich den Autoschlüssel ab, denn der Wagen würde platzsparend auf den Zentimeter genau von den Angestellten rangiert werden. Das kannte ich aus Venedig und Florenz. Ich nahm Waschzeug und Wäsche für eine Nacht, die ich schon zu Hause in einen Stoffbeutel gepackt hatte, legte das iPad dazu und ging zu Fuß zum Hotel Torino, wo ich mir ein bisschen Wasser ins Gesicht warf und das Zimmerfenster öffnete, obwohl ich damit die Hitze hereinließ. Die war mir lieber als die sterile Klimaanlagenluft, die mich empfangen hatte.

Obwohl ich Hunger hatte und von der langen Fahrt

erschöpft war, schlenderte ich zuerst durch die Straßen mit ihrem abendlichen Trubel, schlug Haken, wenn mich irgendetwas anzog, ein Schaufenster, ein Brunnen, ein Gebäude am anderen Ende einer Gasse, bis ich vor der Kathedrale und dem Baptisterium landete und schließlich, ein paar Ecken weiter, an der Piazza Garibaldi.

Dort setzte ich mich an einen Restauranttisch mit Blick auf den Palazzo del Governatore und bestellte mir Penne all'arrabbiata und Salat. Ich fühlte mich einsam und verstand nicht, weshalb. Ich war es doch gewohnt, allein zu sein, ich mochte das, trauerte weder um meine Mutter noch um Bettina, suchte keine Geliebte mehr und war seit Jahren nicht mehr der Mensch, der sich in Gruppen wohlfühlt, dennoch fehlte mir jetzt jemand, der meine Freude und Müdigkeit, meinen Appetit und meine Lust auf das Glas Wein, das der Kellner vor mich hinstellte, teilen würde.

Es war ein sanft-melancholisches Mangelgefühl, kein Schmerz wie früher, als ich noch im Auftrag der Evolution unterwegs gewesen war. Vielleicht hatte ich die männlichen Wechseljahre schon hinter mir und die Lizenz zur Vermehrung meiner Gene eingebüßt. Nicht erst seit Bettina mich verlassen hatte, sah ich die Frauen mit anderen Augen als früher. Damals waren sie alle heilige Huren gewesen, ihre Anziehungskraft mythisch und verehrungswürdig, sie standen auf einem Sockel, von dem herab sie entschieden, wer ihnen zu Diensten sein durfte und wer nicht, und sie waren in ihrer Schonungs- und Schutzbedürftigkeit erhaben und sakrosankt.

Vermutlich parallel zur Abnahme bestimmter Hormone in meinem Körper hatte sich mein Blick verändert – jetzt sah ich ebenso kleinliche, gierige, machtlüsterne und egoistische Wesen wie die Männer, nur eben mit anderen Methoden und Instrumenten zum Erreichen ihrer Ziele. Und natürlich auch ebenso großzügige, hilfsbereite und rücksichtsvolle.

Dieser veränderte Blick war sicher eine Art Gewinn für meinen Geist, aber ein trauriger, wie immer, wenn eine Illusion sich in Luft auflöst und man sich klüger, aber ärmer fühlt.

~

Ich hatte mein iPad dabei, aber ich nahm es nicht zur Hand, als der Kellner meinen Teller abräumte und gleich darauf ein zweites Glas Wein brachte. Eigentlich hatte ich ein paar Schlagzeilen überfliegen wollen – das tue ich regelmäßig, denn Plotideen kommen oft aus Zeitungsmeldungen, und ich würde mein Italienisch auffrischen, wenn ich in den *Corriere della Sera* oder *Il Mattino* schaute, aber das Treiben auf dem Platz gefiel mir so gut, es war ein bisschen wie nach Hause zu kommen. Mein wohlwollender Altherrenblick registrierte die Kinder mit ihren Fahrrädern und Skateboards, die Mädchen, die eingehakt auf und ab gingen, die Ehepaare, Jünglinge, die schwarzen Straßenhändler und den bärtigen Gitarristen, der von *Wonderwall* bis *Losing my Religion* alles spielte, was Pflicht war. Was sich da vor mir ausbreitete, war schön und tat mir gut: die verblassten Brauntöne der Hausfassaden, Klang, Geräusch und Lärm des Platzes und der Straße, die Gerüche aus dem Inneren des Restaurants und die adrette

Kleidung der Menschen, die sich wie ich dem Frühsommerabend hingaben. Ich dachte einmal mehr, irgendwann werde ich in Italien leben. Irgendwo. Es ist hier überall so, dass mir das Herz aufgeht.

Eine junge Mutter, die aus dem Restaurant gekommen war und ein kleines Mädchen auf dem Arm hielt, stieß mit dem leeren Kinderwagen, den sie mit der freien Hand schob, an einen der Stühle neben mir, ich zog ihn zur Seite, damit sie Platz haben würde, sie lächelte und bedankte sich, ich schaute ihr noch eine Zeit lang hinterher, wie sie den Platz überquerte, und fand, sie wirkte stolz mit ihren dunkelblauen Jeans, hellrosa Turnschuhen und dem schwarzen, dünnen Top, stolz auf ihr Kind, auf sich selbst, auf ihr zukünftiges Glück, auf irgendwas, das ich nicht wissen oder erraten konnte, und ich hatte in diesem Moment das Gefühl, das müsse der Unterschied zwischen den Italienern und uns Deutschen sein. Wir waren nicht stolz. Wir waren allenfalls arrogant.

Als Kind war ich stolz auf meine Mutter gewesen und sie auf mich. Ganz blass erinnere ich mich sogar an Zeiten, in denen ich stolz auf meinen Vater gewesen war, wenn er vor der Gemeinde stand und alle ihm lauschten, aber dann war dieses Schweigen zwischen die beiden getreten, und sie hatten ein Kind in zwei Hälften aus mir gemacht, eine Hälfte für den Vater – das war die vernünftige, verlässliche und disziplinierte, und eine für die Mutter, die zärtlich, verspielt und verzagt sein durfte.

Auf unserer Reise die Loire entlang und durch die Bretagne hatte meine Mutter mir dieses Schweigen erklärt. Sie hatte ihm einen Seitensprung gestanden,

3

Das Wasser der Dusche wurde nicht richtig warm. Vermutlich war ich als einer der letzten Gäste aufgestanden, und das Warmwasser wurde mit einem Tank auf dem Dach produziert wie in Griechenland. Ganz kalt war es zum Glück auch nicht, sonst hätte ich mich mit einer Art Katzenwäsche beholfen. Ich kann Kälte nicht leiden. Getränke dürfen im Sommer kalt sein, Weißwein, Campari, Wasser oder Limonade – alles andere nicht, und schon gar nicht auf meiner Haut. Im Winter verkrieche ich mich und warte, bis der Spuk vorbei ist, ein Skigebiet oder Gletscher wären die letzten Orte, die ich freiwillig besuchen würde.

Ich ließ das Hotelfrühstück links liegen und setzte mich vor einer Bar an die Straße mit einem Cappuccino und einem Tramezzino, rauchte ein paar Zigaretten und verwarf den Plan, ins Museo Nazionale zu gehen, wo es Bilder von Cima di Conegliano zu sehen gab, wie ich wusste, aber die Lust darauf, mein kleines schwarz-weißes Kraftpaket zu starten, war stärker.

Cima musste warten. Er war mir in Venedig aufgefallen, weil er Bellini und den Vivarinis ähnelte, dieselbe Ruhe und Klarheit hatte, die mich so anzog, dass ich immer wieder zurückkehren wollte.

Schon als Kind hatte ich in den Büchern meiner Mutter diese frohen Farben und gelassenen Figuren bewundert, und als ich schließlich vor den Originalen gestanden war, hatte ich das Gefühl gehabt, ich sollte eintreten, den Raum, meine beständig redende Mutter, meine Zeit verlassen und mich im Bild verstecken, sodass niemand meinen Übertritt bemerken würde.

Seltsam eigentlich, dass mich die Malerei so früh schon fasziniert hatte. Mir fehlt jedes Talent dazu, und dennoch ist es immer wieder so, als würden mich bestimmte Bilder anflüstern, einladen, zu sich beordern, als hätten sie auf mich oder einen wie mich gewartet, um gesehen zu werden und nicht nur interpretiert oder eingeordnet.

~

Ich hatte mir die Strecke beim Frühstück auf dem iPad angeschaut, deshalb wunderte ich mich nicht, dass mich das Navi zuerst einige Kilometer nach Westen in Richtung Piacenza schickte. Wie schnell man sich daran gewöhnt hat, in fremden Städten ans Ziel zu kommen, ohne sich fünfmal zu verfahren, viermal nach dem Weg zu fragen und dreimal in Sackgassen oder vor Einbahnstraßen zu stranden.

Es war noch früh, zehn Uhr, ich würde für die Strecke nur etwa zwei Stunden brauchen, wenn sich kein Stau zwischen mich und mein Ziel schob, die Übergabe des Hauses war für dreizehn Uhr ausgemacht, ich sollte mich telefonisch eine halbe Stunde vorher bei Signora Giannecchini melden, damit sie sich rechtzeitig auf den Weg machen konnte, von wo auch immer sie wohnte oder ihr Büro hatte.

Die Ebene lag noch einige Zeit im Hitzedunst, Dörfer und Städte wechselten sich ab mit verlassenen Bauernhöfen, Weiden und Feldern, bis sich der Apennin zuerst über dem Dunst zeigte, dann nach und nach seine Farbe von Dunkelblau nach Grün wechselte und schließlich irgendwann nicht mehr vor mir, sondern um mich war. Die Autobahn wurde nicht wesentlich kurviger, aber Brücken und Tunnel unterbrachen jetzt die Eintönigkeit, und die Landschaft bestand fast ausschließlich aus Wald.

Ich fuhr durch bis La Spezia, hielt dort an einer Raststätte, telefonierte wie verabredet und wurde informiert, dass eine Signora Verdecchia mich erwarte. Signora Giannecchini, die Besitzerin des Hauses, sei verhindert, aber Signora Verdecchia kenne sich aus und warte schon auf mich, weil im Moment ein neuer Fernseher angeschlossen werde.

Ich war froh, einfach weiterfahren zu können und nicht irgendwo noch eine halbe Stunde vertrödeln zu müssen. Für einen Einkauf im Supermarkt war die Zeit zu knapp, guten Kaffee würde ich mir gleich im Haus machen können. Wenige Kilometer weiter sah ich das Meer rechts von mir, und eine Viertelstunde später fuhr ich von der Autobahn ab, bezahlte an der Mautstelle und beantwortete das »Arrivederci« der befehlsgewohnten elektrischen Stimme mit »Ciao«.

Durch Alleen und vorbei an Gärtnereien, Handwerksbetrieben und Campingplätzen lotste mich das Navi ins Landesinnere auf die Berge zu, im Städtchen Camaiore über eine kleine Brücke in eine Straße ohne Namen, die sich in den Wald hinaufschlängelte. Die immer spärlicher vorkommenden Häuser hatten vierstellige Nummern wie in Amerika, bald sah man nur noch schmiedeeiserne Tore zwischen hohen Hecken, und eines dieser Tore stand offen und hatte die Nummer, nach der ich suchte, 1146. Das Navi wollte mich noch weiterschicken, aber ich parkte den Wagen am Straßenrand und ging über die Straße zum Tor.

Drinnen schwang sich eine schmale Auffahrt leicht nach links, zwischen einer blühenden Kastanie und einer Akazie standen zwei kleine Autos, und das offenbar sehr alte Haus aus Feldsteinen und Flusskieseln, mit Backstein ummauerten Fenstern und Türen wurde sichtbar. Über eine Treppe aus dem ersten Stock kam mir eine drahtige Frau etwa meines Alters entgegen, die wohl das Zuschlagen meiner Autotür gehört hatte und sich als Ludovica Verdecchia vorstellte.

Sie bat mich, mein Auto hereinzufahren und zwischen die beiden Bäume zu parken, und machte mir den Parkplatz frei, fuhr ihren kleinen blauen Lancia heraus und stellte ihn in eine Ecke des Gartens.

Als das bewerkstelligt war, führte sie mich durchs Haus, erklärte mir alles, die Heizung, die ich bestimmt nicht brauchen würde, den Sicherungskasten, den Induktionsherd in der Küche und die Alarmanlage. Der Fernsehtechniker, ein junger, bärtiger Mann in kurzen

Hosen, schärfte mir die Reihenfolge der Fernbedienungen ein, die ich benutzen sollte, eine für den Satellitenempfänger und eine für den Fernseher, dann verabschiedete er sich und fuhr los.

Frau Verdecchia zeigte mir noch den Garten, einen großzügigen Olivenhain, der den ganzen kleinen Hügel bedeckte, an den sich das Haus schmiegte, von der Straße einige Meter tiefer fast ganz umrundet, in mehrere Terrassen gegliedert, auf deren unterster ein Swimmingpool glitzerte. Von keiner Stelle aus sah man die Straße, man hörte nur dann und wann ein Auto, zuerst unterhalb, dann oberhalb vorbeifahren. Nur an einem Ort, an dem eine Bank neben einem Rosenbogen stand, blickte man bergan auf ein altes Dorf in vielleicht fünf Kilometern Entfernung. Das Ganze war eine abgeschlossene eigene Welt, in der man sich Hunderte, wenn nicht gar Tausende von Jahren zurückversetzt fühlen konnte.

Signora Verdecchia legte mir ihre Telefonnummer auf den Küchentisch, sagte, ich solle jederzeit anrufen, wenn ich irgendetwas brauchen würde oder wissen wollte, bat mich, das Tor hinter ihr zu schließen und auf dem Stück Rasen zwischen den Bäumen und der Auffahrt vorsichtig zu wenden, damit er nicht beschädigt würde, dann fuhr sie los, und ich war allein.

Im Haus war es düster und angenehm kühl, dennoch war ich nass geschwitzt, nachdem ich meine Sachen in den zweiten Stock getragen hatte, wo Schlafzimmer und Bad nebeneinanderlagen.

Das ganze Haus war vollgestellt und vollgehängt mit ländlichen Antiquitäten, allerlei Geräten und Utensilien aus Holz, Eisen, Kupfer und Zinn, Töpfe, Spinnräder, Wiegen, Kannen, Forken, Wäschezangen, Puppen, Bücher, Vasen, Schüsseln – da hatte jemand hemmungslos seine Sammelleidenschaft mit sich durchgehen lassen. Eine Stauballergie durfte man hierher nicht mitbringen. Es war unmöglich, all den nur teilweise charmanten Trödel abzustauben. Ich fasste nichts an, denn ich rechnete damit, dass alles einen Pelz haben würde.

Ich feierte meine Ankunft mit einem Cappuccino, für den ich vorsorglich zu Hause einen Liter Milch miteingepackt hatte, inspizierte die Küche und fand sie erstaunlich gut ausgestattet. Es gab sogar ein vernünftiges Messer und eine Salatschleuder, Öl, Essig, Salz, Pfeffer, ein paar Zwiebeln, Tagliatelle, Wasser und Weißwein im Kühlschrank und einen Rotwein auf dem Küchentisch. Ich hätte mir sofort ein Essen machen können.

Stattdessen ging ich nach draußen und sah mir das Anwesen in Ruhe an, stieg vom Haus aus über einige Stufen auf den Hügel, setzte mich dort auf einen Felsbrocken nah an der vielleicht sechs Meter tiefen Böschung zur Straße und schaute ins Tal, wo sich Camaiore von einem Kern mit zwei Kirchtürmen aus in alle Richtungen zerstreute. Eine Eidechse flitzte vorbei, erstarrte, als sie mir zu nahe kam, und schoss dann mit annähernd Lichtgeschwindigkeit weiter ins hohe Gras.

Ich blieb eine Weile sitzen, denn ich hoffte, die Reiseunruhe in mir würde nachlassen, aber das geschah nicht. Ich brauchte offenbar mehr Zeit, um das innere Tempo zu drosseln, mich daran zu gewöhnen, dass ich hier vollkommen außerhalb der Welt war, gerade mal akustisch durch das Motorengeräusch vorbeifahrender Autos mit ihr verbunden.

Die Schönheit dieses Ortes war überwältigend. Ich ertappte mich bei dem Gedanken, dass es falsch sei, hier allein zu sein, aber ich widersprach mir selbst und dachte an meine Mutter, die jetzt reden würde.

~

Im Hof von Château Amboise vor dem Grab von Leonardo erzählte sie mir, sie sei eigentlich eine Sextouristin gewesen. Mein Vater habe sie nach ihrem Geständnis nie mehr angefasst, sie sei aber immer ein sinnlicher Mensch gewesen und habe nicht wie eine Nonne leben können. Ein Liebhaber in Wertheim oder der näheren Umgebung sei wegen des Risikos der Entdeckung nicht infrage gekommen, also habe sie auf Reisen so gut es ging die Zügel schießen lassen.

Ihre Hoffnung auf kultivierte Männer unter den Teilnehmern der geführten Kunstreisen hatte sich aber nach einigen Versuchen zerschlagen. Sie waren alt oder mit ihren Ehefrauen unterwegs, also lief es irgendwann auf Kellner, Hotelangestellte und allein reisende Geschäftsmänner hinaus.

»Vielleicht bist du alt genug, um zu wissen, wie sich ein Leben ohne Berührung anfühlt«, sagte sie, »und vielleicht bist du alt genug, um mich deswegen nicht zu verurteilen.«

»Mama, das ist mir peinlich«, sagte ich und wandte den Blick nicht von den Hängen jenseits des Flusses, auf die wir über die Dächer der kleinen Stadt hinwegschauten.

»Mir doch auch«, sagte sie und boxte mich leicht an die Schulter.

Ich hatte meine Mutter bis dahin weder nackt gesehen noch sie mir in irgendeiner erotischen Situation vorgestellt. Sie in den Armen eines Mannes, eine Geliebte, eine leidenschaftliche gar, das war einfach außerhalb des Möglichen. Natürlich wusste ich, dass sie wie jeder Mensch in das große Spiel involviert sein musste, sonst hätte es mich nicht gegeben, aber das war abstrakt, nur im Prinzip so, in Wirklichkeit stand sie als meine Mutter über allem. Oder außerhalb.

Selbstverständlich dachte ich nicht so, aber ich fühlte so.

»Mama, ich bin dein Sohn«, sagte ich, als wir ins Auto stiegen, um in Richtung Tours weiterzufahren, »ich tauge bei dem Thema vielleicht nicht zum Vertrauten.«

»Wir müssen es ja nicht vertiefen«, sagte sie, und ich hatte den Eindruck, sie klang verlegen, »aber andere Vertraute hab ich nicht.«

Dass ein so geselliger und gesprächiger Mensch wie sie sich derart zurückziehen konnte, verstand ich damals nicht. Ich konnte dabei zusehen, wie sie aktiv und freiwillig die Brücken zu ihrem Umfeld eine nach der anderen abbrach. Wären es wenigstens unglückliche Umstände gewesen, die sie ihrer Welt entfremdeten, dann hätte ich versuchen können, neue Fäden zu knüpfen, aber es war sie selbst, die konsequent und gründlich einen nach dem anderen loswerden wollte.

Erst nach ihrem Tod und nach Bettinas Wegzug kam mir der Gedanke, dass das alles vielleicht anders gelaufen wäre, wenn ich Kinder bekommen hätte. Mit der

Verantwortung für Enkel hätte meine Mutter sich womöglich nicht so rigoros aus ihrer eigenen Welt zurückgezogen.

~

Ich wollte nie ein Kind. In den ersten Jahren meines Erwachsenenlebens ging ich vollständig in der Musik auf und träumte davon, mein ganzes Leben auf Bühnen, in Studios und in den Armen immer neuer Frauen zu verbringen.

Nach und nach setzte sich die Wirklichkeit durch, und meine Träume verloren ihre Plausibilität, denn ich war als Gitarrist nicht gut genug, um mehr als Feierabendmusik mit versierten Amateuren zu machen, und inzwischen interessierte sich das Publikum kaum noch für Livemusik.

Die Jungen hörten präpotentes Geschwätz zu monotonen Beats, die Älteren hatten kleine Kinder, viel Arbeit und in ihrer knappen Freizeit Besseres zu tun. Als die letzte Band, in der ich mitgespielt hatte, sich auflöste, suchte ich nicht nach einer neuen, sondern stellte meine beiden Gitarren in die Ecke, wo sie heute noch stehen. Schmuckstücke alle beide. Eine hellblaue Fender Telecaster und eine rote Gibson 335.

Die mehr oder weniger festen Freundinnen, die ich hatte, wollten weder heiraten noch Kinder haben, jedenfalls nicht mit mir, und ich war froh, darüber gar nicht erst nachdenken zu müssen. Als ich es dann irgendwann tat, weil ich nun doch an eine geraten war, die an ihrem neunundzwanzigsten Geburtstag von überwältigender Sehnsucht nach einem Kind eingeholt worden war, fand ich heraus, dass ich das auf keinen Fall wollte, weil Verantwortung für ein Kind und Verantwortung für gute Bücher einander ausschlossen. Wer ein Kind hat, muss Geld verdienen. Wer sich nicht korrumpieren will, muss bereit sein, ärmlich zu leben.

Dass ich bald, nachdem mich diese Freundin dann verlassen hatte, immer besser verdiente, weil die Drehbuchaufträge hereinwehten, dass ich mich in der Zusammenarbeit mit Redakteuren, Produzenten, Schauspielern und Regisseuren natürlich ausgiebig korrumpierte und mein eingebildetes Künstlerethos verriet, änderte nichts an meiner Zurückhaltung, denn ich war vorsichtig genug, der Verlässlichkeit dieses Geldsegens zu misstrauen.

Viel später, als ich mit Bettina so verschmolz wie nie zuvor oder danach mit einem Menschen, da hätte ich ohne Bedenken einem Kind zugestimmt, aber sie schnitt das Thema nie an. Vielleicht ahnte sie damals schon, dass sie nicht bei mir bleiben würde.

~

Eine Badehose hatte ich gar nicht erst eingepackt, denn ich wollte das Meer nur sehen, nicht darin schwimmen. Für mich müsste es schon die Karibik sein, aber dorthin zieht mich nichts. Ich hatte schon als Kind im Schwimmunterricht nach wenigen Minuten blaue Lippen gehabt und mich deshalb als Erwachsener nur noch in Thermalbädern ins Wasser getraut.

Der Pool allerdings war klein genug und hatte sicher wochenlang Sonne abbekommen, deshalb zog ich mich, nachdem ich die Wassertemperatur mit der

Hand geprüft hatte, aus und schwamm eine Weile hin und her. Sehen konnte mich niemand. Ich hörte zwar die Stimme einer Frau, die offenbar telefonierte, also gab es wohl hangaufwärts noch ein Nachbarhaus, aber das lag hinter dichtem Buschwerk und einer Reihe von Zypressen verborgen, und wenn ich es nicht sah, konnte auch niemand von dort mich sehen. Ich legte mich nackt zum Trocknen neben den Pool und ließ die Monologfetzen, die von nebenan zu mir drangen, an mir vorbeiwehen wie Radiomusik, die man nicht anhört und doch anhört.

Die Stimme der Frau war schön. Ich hätte sie nicht beschreiben können, irgendwie hell oder irgendwie weich vielleicht, und sie klang so, als wäre die Frau mit ihrem Gesprächspartner vertraut und ginge auf ihn ein. Woran ich das erkannt haben sollte, wusste ich allerdings nicht. Vielleicht an den Pausen, die sie immer wieder machte, weil sie dem Menschen am anderen Ende der Leitung zuhörte. Oder daran, dass sie nie mit erhobener Stimme wieder zu sprechen begann – das klang so, als würde sie den anderen nie unterbrechen. Ich wurde schläfrig.

Deshalb wusste ich hinterher, als ich aufwachte, nicht, ob ich wirklich gehört oder nur geträumt hatte, dass sie irgendwann im Verlauf des Gesprächs einen Mann beschrieb. Und nach allem, was sie schilderte, einen nackten. Die Figur wie dreißig, glaubte ich gehört zu haben, aber die Bewegungen eher wie fünfzig, und dann, etwas später, war auch noch von einem culo carino, einem hübschen Hintern, die Rede gewesen.

Ich war trocken, und außer den Vögeln und einer fernen Vespa war nichts mehr zu hören, als ich mich wieder anzog, zum Haus hochging, alles abschloss, die Alarmanlage anschaltete, wie ich es Frau Verdecchia versprochen hatte, und zum Supermarkt nach Viareggio fuhr.

~

Auf dem iPad hatte ich zwar auch einen in Camaiore gefunden, aber der größere in Viareggio flößte mir mehr Vertrauen ein. Joe Louis brauchte außerdem eine Wäsche, weil der Regen gestern seine makellose Erscheinung beeinträchtigt und die Kastanie einige Blütenblätter auf ihm abgelegt hatte, und da der Supermarkt im Gewerbegebiet lag, war es nur ein Katzensprung bis zur nächsten Waschanlage.

Von der Stadt oder gar dem Meer war nichts zu sehen, als ich auf den Parkplatz einbog, aber es war nicht mehr weit bis zum Strand, das sah ich auf der Karte im Navi, und ich konnte nachher noch dorthin fahren, falls es mich nicht gleich wieder in meinen weltfernen Olivenhain zöge.

Ich stand lange vor dem Weinregal und wählte schließlich zwei verschiedene Chianti, einen Amarone und einen Brunello, brauchte fast ebenso lang bei den Olivenölen, bis ich mich schließlich für das teuerste entschied, und am Ende, als ich alles beisammenhatte, war fast eine Stunde vergangen. Ich kaufte zwei große Einkaufstaschen an der Kasse, und sie waren voll bis obenhin.

In der Waschanlage wählte ich alles außer Unterbodenwäsche, die braucht man nur im Frühjahr, wenn man Streusalz eingesammelt hat, dann entschloss ich mich, meinen Einkauf nach Hause zu fahren. Die Sonne stand zwar nicht mehr hoch, aber es war so heiß wie zuvor, und ich stellte mir Butter, Eier, Milch und Wein unter dem schwarzen Dach des Wagens vor auf einem Parkplatz, der vielleicht nicht im Schatten lag.

Aber ich fuhr zuerst in die Stadt und dort, so weit ich konnte, bis zum Meer über eine breite vierspurige Straße an den Häuschen mit Läden und Bars entlang, zwischen denen hindurch man den breiten Sandstrand mit seinen Tausenden von Liegen und Sonnenschirmen sah. An der Architektur konnte ich ablesen, dass hier vor hundert Jahren ein eher mondänes Treiben geherrscht haben musste, jetzt war, dem Angebot in den Schaufenstern nach zu urteilen, die reichere Klientel weitergezogen und der Ort für breitere Schichten da. Ohne allerdings vulgär, spießig oder heruntergekommen zu sein.

Ich fuhr nach Norden, bis ich ein Schild sah, das nach Camaiore wies, hielt unterwegs an einem Tabacchi an und kaufte Zigaretten, war nach etwa vier Kilometern wieder an einem Kreisverkehr angelangt, den ich von der Herfahrt kannte, und nach weiteren sechs vor meiner Einfahrt.

Die Schatten der Bäume zeichneten großflächige Muster auf das Gras, vom unsichtbaren Nachbarhaus war kein Geräusch zu hören, und ich hatte, sobald das Tor hinter mir geschlossen und Joe Louis zwischen den Bäumen geparkt war, wieder dieses Gefühl, außerhalb der Welt zu sein.

~

Das Auspacken und Einräumen meiner Einkäufe erinnerte mich daran, dass ich schon im Supermarkt Hunger bekommen hatte, und ich machte mir Spiegeleier, Tomatensalat und Antipasti aus Gläsern, öffnete eine der beiden Chiantiflaschen, um stilecht meinen ersten Abend in der Toskana zu zelebrieren, setzte mich nach draußen und legte mir auch eines der beiden mitgebrachten Bücher neben den Teller, *Fluchtwege* von Sandro Veronesi, aber ich schlug es nicht auf, weil meine Gedanken sich hierhin und dorthin bewegten, Orte, Personen und Erlebnisse herbeiriefen – vermutlich war ich angeregt von der langen Fahrt gestern und der nicht so langen heute. Wenn das Auge immer neue Bilder erfasst, kommt Luft ins Gehirn und die inneren Regale werden abgestaubt.

Ich saß einfach da und hörte, zusammen mit allem, was mir durch den Kopf ging, zuerst den Vögeln, dann den Zikaden und am Ende den Stechmücken zu, die sich vom Rauch meiner Zigaretten nicht vertreiben ließen, also musste ich die seltsame Spirale, die mir Signora Verdecchia gezeigt und erklärt hatte, anzünden – es roch nicht wirklich gut, aber die Schnaken fanden es eindeutig schlimmer als ich und suchten sich andere Opfer.

Als es dunkel geworden war, hörte ich das leise Klirren eines Glases und sah diffuses Licht, vielleicht einer kleinen Lampe, vielleicht auch nur einer Kerze, durch die dichte Hecke am südlichen Ende des Gartens. Es war noch immer so heiß, dass ich nicht auf die Idee kam, mein seit einer Stunde über der Stuhllehne hängendes T-Shirt anzuziehen, das ich, weil es weiß war, zum Essen abgelegt hatte.

Ich legte auch noch den Rest meiner Kleider ab, Slipper, Hose und Unterhose, die Socken hatte ich schon am Nachmittag ausgezogen, und ging die zwei Terrassen tiefer zum Pool, ließ mich im Wasser treiben, weil ich für Schwimmbewegungen zu faul und vielleicht auch zu müde war, setzte mich hinterher so, wie ich war, für ein letztes Glas Wein und eine letzte Zigarette zu meiner schützenden Rauchspirale und nahm mir vor, am nächsten Tag Badeschlappen zu kaufen, weil es vielleicht unvernünftig war, nachts barfuß herumzulaufen.

4

Das Vogelkonzert bei Sonnenaufgang hatte mich geweckt, aber ich war wieder weggedämmert und später aus einem Traum aufgetaucht, in dem irgendetwas partout nicht gelingen wollte. Was es gewesen war, wusste ich nicht mehr, einen Gang einlegen, CDs oder Bücher stapeln oder etwas Rundes so hinlegen, dass es sich nicht mehr bewegte – ich wusste nur noch, welche Erleichterung es war, endlich aufwachen zu dürfen.

Ich setzte mich mit Kaffee und einer Brioche nach draußen, winkte Joe Louis, der aussah, als warte er geduldig, aber voller Hoffnung auf einen Ausflug, und machte ein Foto mit dem iPad, das ich Martina schickte. Die Sonne stand noch neben meinem Hügel und zeichnete ein orientalisch filigran wirkendes Schattenmuster ins Gras und an die Hauswand.

Ich trug nur die Jeans, obwohl es schon wieder so heiß war, dass ich am liebsten ohne alles, so wie ich aus dem Bett gestiegen war, hier draußen gesessen hätte, aber ich hatte das Tor gestern Abend nicht abgeschlossen und wollte nicht als Nudist von Signora Verdecchia, einem Handwerker oder Postboten erwischt werden.

Mit meinem zweiten Kaffee in der Hand und Schuhen an den Füßen ging ich auf den Hügel und setzte mich auf meinen Felsen. Von hier aus sah ich nicht nur über Camaiore, sondern, wenn ich ein paar Schritte zum Rand des Abhangs vortrat, auch auf den Pool, dessen glasblaues Flimmern zusammen mit den silbrig graugrünen Olivenblättern, die ins Bild ragten, ein zweites iPad-Foto für Martina verlangten. Ich schickte es ab, als ich wieder unten am meinem Gartentisch saß, weil das WLAN nicht bis oben auf den Hügel reichte, dann las ich zum dritten Kaffee und zur vierten und fünften Zigarette in italienischen und deutschen Zeitungen, auf Facebook und wischte alle unerwünschten Mails zur Seite.

Meine Mutter würde jetzt schon längst auf Aufbruch drängen. Einfach so an einem schönen Ort zu verweilen, sich an der Wärme, den Gerüchen und Geräuschen zu erfreuen, das lag ihr nicht im Blut. Oder nur für überschaubare Intervalle. Abends, nach einer langen Fahrt oder anstrengenden Besichtigungstour, konnte sie sich entspannt zurücklehnen, ein Glas Wein oder ein Essen genießen und ihre Erinnerungen schweifen lassen, aber tagsüber oder gar morgens war sie wie besessen von dem Drang, Ortswechsel und Bildwechsel aneinanderzureihen.

~

Wenn ich sie zu Hause besuchte, war ihr Tagesablauf organisiert und eingeteilt und spulte sich präzise ab: Frühstück, Morgentoilette, Einkaufen, Mittagessen, Zeitung, Putzen oder Waschen, Lesen, Kreuzworträtsel, Abendessen, Fernsehen. Ich passte mich an und schaltete ab, denn es genügte ihr, dass ich da war. Sie freute sich an meiner Gegenwart, ohne zu erwarten, dass ich irgendetwas beitrug, sei es zur Unterhaltung, zum Kochen oder zu anderen Arbeiten – nur beim Abwasch durfte ich helfen und wenn sich irgendein mechanisches Problem ergab, ein tropfender Wasserhahn beispielsweise oder eine schiefe Schranktür.

~

Auf unserer Reise entlang der Loire damals, nachdem sie mir in Amboise von ihren Reisebekanntschaften erzählt hatte, war ich eine Zeit lang nicht mehr nur das schwarze Loch, in dem alles, was sie erzählte, verschwand, sondern fragte nach, weil mich die Bilder, die ihr locker dahingesagtes Geständnis in mir erzeugt hatten, nicht mehr losließen. Obwohl ich in einem ersten Anflug verlegener Diskretion das Thema eigentlich hatte übergehen wollen, dachte ich die ganze Zeit, während wir nach Süden fuhren, daran und fragte schließlich im Park von Chenonceau, ob das gute Erlebnisse gewesen seien. Sie lächelte und sagte: »Jetzt wirst du doch noch mein Vertrauter.«

»Du hast ja recht«, sagte ich, »alt genug bin ich dafür.«

»Zweimal vielleicht oder auch dreimal war es gut, und ich hatte das Gefühl, ich wachte am anderen Morgen mit einem Lächeln auf, aber oft war ich davor nur aufgeregt und danach ernüchtert. Vielleicht geht es Männern so, wenn sie im Bordell waren.«

»Ich kann leider nicht mit passenden Erfahrungen dienen«, sagte ich, und sie lachte. »Vielleicht kommt das noch.«

Wir gingen in Richtung Ausgang, weil wir das Schloss, das eigentlich nur aus einer Zimmerflucht quer übers Wasser und einer riesigen Küche bestand, schon besichtigt hatten.

»Man sollte sich vielleicht nur mit Menschen einlassen, die einen berühren«, sagte sie, »seelisch, meine ich. Wenn sie dir nur gefallen, reicht das nicht. Und wenn du es nur tust, weil die Gelegenheit günstig ist, erst recht nicht.«

»Aber wenn es doch Spaß macht, warum nicht?«

»Spaß reicht nicht. Nicht dafür.«

Ich verstand nicht, was sie meinte, aber ich hatte eine Ahnung: Vielleicht war ihr Intimität so heilig, dass sie den profanen bedürfnisorientierten Umgang damit als Blasphemie empfand. Seltsamerweise fragte ich nicht weiter, obwohl es mich interessierte und mir gefiel, dass meine übliche Ignoranz pausierte.

»Ich bin wohl zu früh geboren«, sagte sie, »das ganze Hippie- und Achtundsechzigergewimmel hat mich zwar umgeben, aber nicht mehr erreicht. Vielleicht musste man dafür im richtigen Alter sein. Ich war fünfundzwanzig und hatte mein Referendariat hinter mir, als plötzlich alle sich von allem befreien wollten. Ich war da schon auf der anderen Seite.«

»Sagst du das, weil du findest, dass Sex mehr als Spaß sein sollte?«

»Ja. Und wenn nicht mehr, dann immerhin etwas anderes. Es ist doch viel näher am Sinn des Lebens als irgendwas, das nur Vergnügen macht. Vielleicht ist es sogar der einzige Sinn des Lebens. Dass wir aufeinander fliegen und uns vermehren. Das verdient Respekt.«

»Ich fürchte, so sieht das heute niemand mehr«, sagte ich und hörte selbst, dass mein Tonfall etwas Bedauerndes hatte. Das erstaunte mich, denn für irgendwie konservativ oder altmodisch hatte ich mich bis dahin nie gehalten. Aber ich dachte an Bettina und daran, dass ich mit ihr etwas erlebte, was ich davor nicht für möglich gehalten hatte. Dass mich keine andere Frau mehr interessierte und ich mir nicht mehr vorstellen konnte, ohne sie zu sein.

»Ich wollte eine gute Ehe führen«, sagte meine Mutter viel später, als wir schon an Tours vorbei waren und uns Azay le Rideau, unserem dritten Ziel an diesem Tag, näherten, »dass ich das kaputt gemacht habe, verzeihe ich mir bis heute nicht.«

»Mein Vater hat das kaputt gemacht. Er hätte dir verzeihen müssen.«

»Das konnte er nicht.«

»Schwach.«

»Sei nicht ungerecht. Er konnte es einfach nicht. Es steckte nicht in ihm drin. Er ist nicht mutwillig unglücklich geworden. Ich habe ihn unglücklich gemacht.«

~

Als ich zum Studium nach Erlangen zog, nahm mein Vater eine Stelle beim Landeskirchenrat in Stuttgart an.

Unsere schöne Etage im Pfarrhaus musste für die Familie seiner Nachfolgerin geräumt werden, und meine Mutter zog in eine kleine Wohnung zwischen Tauber und Main. Ich besuchte sie dort anfangs alle paar Wochen, später seltener, vielleicht einmal im Vierteljahr, während ich meinen Vater nur an seinem Geburtstag anrief, um ein paar Minuten belanglos über mein Studium und den Stuttgarter Verkehr zu plaudern, und insgesamt viermal in seiner großen Altbauwohnung im Westen besuchte.

Ich machte ihm keine Vorwürfe, und er kam von sich aus nie auf meine Mutter zu sprechen. Dass er zu mir immer freundlich gewesen war, nahm mich nach wie vor nicht für ihn ein, was zählte, war sein Verhalten meiner Mutter gegenüber, also behandelte ich ihn wie einen Bekannten und nicht wie jemanden, der ein Recht auf Dankbarkeit und Vertrauen hatte. Er war ebenso für mich da gewesen, hatte mich großgezogen, wie meine Mutter das getan hatte, aber ihm glaubte ich nichts zu schulden. Er ließ sich nichts anmerken und gab sich zufrieden mit dem bisschen an Freundlichkeit, das ich für ihn übrighatte.

Erst nach seinem Tod begann ich darüber nachzudenken, welche Mühe es ihn gekostet haben musste, mir nicht seinerseits Vorwürfe zu machen, dass ich nicht bereit war, irgendetwas in diese Leere zwischen uns zu lassen, ein Wort, eine Frage, ein Zeichen von Zuneigung. Wir benahmen uns beide so zurückhaltend, dass unsere Diskretion nicht von Desinteresse zu unterscheiden war.

Nachdem er in Pension gegangen war, rieb er sich in den verschiedensten Ehrenämtern auf, gab Sprachunterricht für Migrantenkinder, trainierte Theologiestudenten fürs Examen und beriet Gemeinden, die sich verkleinern mussten, bis er an einem verregneten Tag im August am Marienplatz aus der Zahnradbahn stieg und zusammenbrach. Der Notarzt reanimierte ihn vor Ort, aber bei der Ankunft im Katharinenhospital war er tot. Ein Aneurysma in seinem Kopf war geplatzt und hatte einen vernichtenden Schlaganfall ausgelöst.

~

Weder meine Mutter noch ich vergossen Tränen an seinem Grab, nicht, als der Bischof in seiner Trauerrede von einem »sanften Helden« und »liebenden Menschen« sprach, und nicht, als der aus Wertheim angereiste Kirchenchor *Nun ruhen alle Wälder* sang, aber mich beschlich, je länger die Zeremonie sich hinzog, ein Gefühl von Scham darüber, dass ich seine höflichen, aber beharrlichen Versuche, die Verbindung zwischen uns zu erhalten, ebenso höflich und ebenso beharrlich ins Leere hatte laufen lassen.

Trauer empfand ich nicht. Er hatte für mich seit meinem zehnten Lebensjahr keine Rolle gespielt – allenfalls die eines Hausgastes, der nur am Rand meines Lebens vorkam und dem ich keine Teilhabe an meinem Inneren zugestand.

Meine Mutter spielte die gefasste Witwe so tadellos, wie sie früher auch die tüchtige Ehefrau gespielt hatte, aber nachdem sie in meinen Citroën gestiegen war, sagte sie: »Untersteh dich, vor mir zu sterben, noch mal mach ich so was nicht mit«, dann zündete sie sich eine Zigarette an, was sie bisher nur alle paar Wochen mal und noch nie im Auto getan hatte, warf die Kippe später aus dem Fenster wie ein haltloser Teenager und schlief dann, als wir auf der B 14 an Schwäbisch Gmünd vorbeifuhren, von der übertrieben weichen Federung meines Wagens sanft geschaukelt ein.

~

Ich raffte mich auf, räumte Teller und Tasse in die Spülmaschine, duschte und rasierte mich, steckte Handy und Zigaretten in meine weite dunkelblaue Hose, weil ich bei dieser Hitze kein Jackett brauchen konnte, setzte die Sonnenbrille auf, stellte die Alarmanlage scharf und schloss ab.

Das eiserne Gartentor machte einen Heidenlärm. Auf diesem Weg würde sich niemand aufs Grundstück wagen, der unbemerkt bleiben wollte. Das dezente Quieken von Joe Louis, als ich ihn mit dem Funkschlüssel öffnete, und hinterher das trockene Klacken der Tür, als ich sie schloss, demonstrierten die Entwicklung, die die Mechanik in den letzten hundert Jahren genommen hatte. Selbst sein freudiges Knurren, als ich den Motor angelassen hatte und startete, dürfte weniger als halb so laut gewesen sein wie das Tor, das ich brav wieder hinter mir schloss.

Ich nahm den Weg hügelaufwärts und fuhr über die kleinen Straßen nach Lucca. Die Strecke hatte ich auf dem iPad zusammengesucht und mir die Namen der Dörfer gemerkt. Zweimal war ich froh, nicht mit dem Jaguar unterwegs zu sein, der in den engen Gassen vielleicht stecken geblieben wäre. Nicht umsonst fährt man hier überwiegend kleine und winzige Autos.

Ich hatte so lange gefrühstückt, getrödelt und vor mich hin sinniert, dass ich jetzt die Straße für mich hatte, weil jedermann offenbar zu Mittag aß. Ich kurvte durch Wälder und Olivenplantagen, Städtchen und Dörfer, schaltete rauf und runter und freute mich an den Kraftreserven, die das Auto in jeder Situation bereithielt. Sich so durch die Welt zu schwingen ist ein Privileg, dachte ich, zumindest ist es ein Vergnügen, in Bewegung sein zu können, weit über die eigene Körperkraft hinaus. Ich raste nicht, ich fuhr entspannt, aber die Bäume und Büsche strichen dennoch zügig vorbei, Straße und Räder fühlten sich fest verbunden an, wie eine Seilbahn mit ihrem Seil oder ein Zug mit seinen Schienen.

Erst als ich schon Teile der Stadtmauer von Lucca sah, begegnete mir das eine oder andere Auto, und an der Porta Santa Maria, dem nördlichen Zugang zum Zentrum, fand ich ohne Schwierigkeiten einen Parkplatz.

~

Die Stadt war, wie ich sie in Erinnerung hatte, geprägt von kleinen Läden, Cafébars und Restaurants. Die internationalen Ketten schienen hier nicht wie anderswo übernommen zu haben, zumindest sprangen sie einem nicht so ins Auge wie in Florenz oder Mailand. Die kleinen Plätze waren bevölkert von Einheimischen, die ihr Mittagessen zu sich nahmen, nur hier und da sah man ältere Paare, die an ihrer bunt und praktisch zusammengestellten Kleidung unschwer als Touristen aus Nordeuropa oder Übersee zu erkennen waren.

Als ich das Zentrum einmal durchquert hatte und vor der Kathedrale San Martino stand, verschob ich deren Besuch auf später, obwohl ich mir fest vorgenommen hatte, die seltsame Gleichzeitigkeit von kargem Mauerwerk und exzessiver Pracht noch einmal anzusehen. Bettina hatte sich, als wir hier waren, nicht davon losreißen können. Immer wieder war sie hin- und hergegangen, hatte den Lichteinfall, die Schatten, die Kunstwerke und den Zierrat bewundert und gesagt: »So viel Schönheit für alle. Jeder durfte hier rein und sich seinen Gott vorstellen. Jeder. Nicht nur Patrizier oder Pfaffen.«

Irgendwann hatte ich mich nach draußen verzogen, um eine Zigarette zu rauchen, und mich dabei über meine eigene Ungeduld geärgert. Es gefiel mir, wie Bettina sich hingeben konnte, sie war damit das genaue Gegenteil meiner Mutter, die immer über alles hinweggehuscht war. Und jetzt musste ich feststellen, dass ich zwischen diesen beiden Polen lag. Zu hektisch für Bettina, aber auch zu genießerisch für meine Mutter.

Bettina war damals frisch geschieden und schien etwas nachholen zu wollen, was ihr in der Ehe gefehlt hatte. Als wolle sie von allem, was sie tat oder erlebte, mehr als bisher, schwamm sie weiter hinaus, fuhr die gefährlicheren Skipisten, verführte mich an den seltsamsten Orten, in der Gondel einer Seilbahn, in der letzten Sitzreihe eines Doppeldeckerbusses oder auf einem der Türme in San Gimignano, es war, als wolle sie ihr Leben mit immer neuen Reizen würzen und verhindern, dass es in Routine und Gleichförmigkeit versandete.

schine, das Zurechtzupfen der Frisur vor dem Ausgehen, das Abhängen von Wäsche oder Aufspannen des Sonnenschirms auf einer der seltenen Terrassen.

Man umkreiste die Stadt in Höhe des dritten Stockwerks, man konnte von hier aus einen Anschlag verüben, jemanden ausspionieren oder zufällig etwas Entscheidendes entdecken.

Ich ging stetig und ohne anzuhalten, machte keine Fotos, weil ich ohnehin wieder hierherkommen musste, falls ich wirklich eine Geschichte in Lucca ansiedeln wollte. Jetzt ging es mir nur um die Stimmung und den Gesamteindruck. Und mein Vergnügen.

Als Jogger wäre man wohl in zwanzig Minuten wieder am Ausgangspunkt, aber ich brauchte mehr als eine Stunde. Beim Abstieg von der Mauer sah ich einen nicht mehr ganz jungen Mann in Kapuzenshirt und Turnschuhen, der ein Sandwich aß, und eine ältere Dame, die ihren kleinen Hund an der Leine weiterziehen wollte, aber der stemmte seine Füße in den Boden und machte kein Hehl aus seiner Faszination für das Sandwich des Mannes. Die Frau zuckte entschuldigend mit den Schultern und gab ihr Bestes, den Hund von der Stelle zu bekommen. Der Mann klappte das Sandwich auf, nahm den Schinken heraus und gab ihn dem Hund. Dann aß er genüsslich den trockenen Rest und ging weiter. Die Dame rief ihm noch »Grazie« nach, und er winkte, ohne sich umzudrehen, mit dem jetzt fast aufgegessenen Sandwich.

Ich spürte mein Lächeln auf dem Gesicht und ertappte mich dabei, dass ich als Krimiautor jetzt spekulieren müsste, ob der Schinken vergiftet sein konnte und wie der Täter es vermied, selbst davon abzubeißen, aber als normaler Mensch diese kleine Szene in ihrer beiläufigen Freundlichkeit anrührend fand.

Und dann fiel mir wieder auf, wie gut es mir tat, in Italien zu sein. Ich war mehr als drei Stunden unterwegs gewesen und hatte nichts Unfreundliches, Aggressives oder Übellauniges gesehen. In derselben Zeit daheim in Nürnberg hätte ich Geschimpfe, Gemaule, vielleicht die eine oder andere Rangelei oder Drohung mitbekommen, hier ließ man sich's gut gehen und die anderen in Ruhe. Oder teilte gar sein Sandwich mit einem fremden Hund.

Selbstverständlich sind Italiener keine besseren Menschen und gibt es dort alle Niedertracht und Bosheit wie anderswo, aber ich spürte nichts davon, es lag nicht in der Luft.

~

Obwohl mich deren Lärm störte, war ich froh über die Klimaanlage, die, noch bevor ich die Zufahrt zur Autobahn erreichte, die Backofenhitze im Wagen zuerst erträglich und dann vergessen gemacht hatte. Die Autobahn schien mir neu zu sein, glatt, hellgrau und ohne jedes Schlagloch. Da es Sonntag war, gab es keine Lastwagen, und ich war in weniger als einer Stunde in Viareggio, wo ich den breiten Boulevard am Strand allerdings erst einmal kilometerweit nach einem Parkplatz absuchen musste.

Glücklicherweise war es inzwischen früher Abend, und die ersten Familien mit Kindern packten ihre Sachen zusammen, sodass ich bei der zweiten Runde in eine frei gewordene Lücke biegen konnte.

Ich ging zum Strand und ließ mich eine Weile von der Geräuschkulisse spielender Kinder, sich miteinander unterhaltender Frauen und einander Bälle hin- und herkickender Männer umrahmen.

Dann setzte ich mich vor eine der Bars an der Straße, trank einen Campari und fühlte mich als Teil des trägen Trubels um mich herum – die Leute kamen mir müde und zufrieden vor nach einem faulen oder bewegungsreichen Tag in der Sonne, den zu beenden sie es nicht eilig hatten.

Das Alleinreisen hatte ich nach Bettinas Flucht erst mühsam lernen müssen. Ich war bis dahin nur beruflich, auf Lesereise oder dem Weg zu Verlagsterminen, Drehbuchbesprechungen, Berlinale oder Münchner Filmfest allein unterwegs gewesen. Privat immer mit anderen.

Anfangs war es traurig, so ganz ohne Echo auf Schönes oder Beeindruckendes zu stoßen, es nicht teilen und durch Resonanz verstärken oder verdichten zu können, aber als ich nach und nach bemerkte, wie kraftraubend und manchmal auch frustrierend es gewesen war, vor Schaufenstern stehen bleiben zu müssen, die ich selbst ignoriert hätte, meinen eigenen Rhythmus immer wieder zu unterbrechen und an den eines anderen anzupassen, mich zum Essen zu setzen, bevor ich Hunger hatte, zu Bett zu gehen, bevor ich müde war, und am anderen Morgen zu früh aus dem tiefsten Schlaf geweckt zu werden, erkannte ich es als ein Privileg, das eben seinen Preis hatte.

Der eigenen Nase nach durch Städte oder Landschaften zu streunen, im eigenen Rhythmus schnell oder langsam oder gar nicht zu gehen, Durst, Hunger, Müdigkeit weder verfrüht noch verspätet beantworten zu müssen, machte mich ruhig und gelassen und ließ die Stimmen in meinem Kopf irgendwann nur noch im Plauderton erklingen, anstatt wie bisher als Geschrei und erhitzte Diskussion. Es tat mir gut.

Der Preis dafür war, nachts anstatt Bettina ein Kissen zu umarmen oder abends ein herrliches Essen nur stumm zu würdigen. Dafür rüttelte das Kissen nicht nachts an mir, weil ich schnarchte, und schmälerte niemand meine Freude mit einer Mäkelei.

~

Die Behauptung meiner Mutter, alleine zu reisen sei großartig, hatte ich als Trotz und Selbstbeschwörung abgetan, aber jetzt, da ich im selben Alter war wie sie damals, sah ich es genauso, und jemand, dem ich das auf die Nase bände, würde es womöglich für trotzig und selbstbeschwörend halten.

Meine Altersgenossen, zumindest die Großstadtbewohner unter ihnen, landen über kurz oder lang beim Alleinsein. Ob wir nun bindungsunfähig oder -unwillig sind, ob wir Familien gegründet und später auseinandergerissen oder gar nicht erst haben zustande kommen lassen, ob wir ein erträgliches oder eher prekäres Auskommen, wirkliche Freunde oder nur Kollegen haben – die meisten von uns müssen damit zurechtkommen, dass ein Leben ohne Kompromisse auch ein Leben ohne Partner ist.

Auf dem Land und in der Kleinstadt mag das noch anders sein, da mögen Familien noch das gemeinsam

Erwirtschaftete zusammenhalten und füreinander da sein, weil es noch um das Bewahren von Gütern geht. Man verdient sein Geld nicht mit der Anfertigung von Studien zu irgendeinem Thema, sondern mit etwas, das andere Leute brauchen, man schließt sich zusammen, um einander zu unterstützen, und dann bleibt man auch zusammen, wenn die Ernüchterung eintritt. Das gemeinsam Erreichte muss auch gemeinsam erhalten werden.

Seit ein paar Jahren sah ich mitleidig zu, wenn jemand, den ich kannte, frisch verliebt war. Ich sagte zwar nicht, das legt sich wieder, aber ich wusste, dass es so kommen würde. Und ich hatte recht. Sie konnten es nicht mehr. Ich hatte es auch nicht gekonnt.

~

Am Tor hing ein Stoffbeutel, darin eine Flasche Olivenöl mit handgeschriebenem Etikett, eine teuer aussehende Packung Spaghetti, eine Knoblauchzehe und ein Zettel, auf dem »Benvenuto e Saluti – Giannecchini« stand.

Ich hatte eigentlich vorgehabt, einfach Brot mit irgendwas zu essen, aber diese freundliche Geste wollte gewürdigt werden, also kochte ich ein Drittel der Spaghetti, schnitt eine Knoblauchzehe und eine halbe Peperoncinischote klein, erhitzte das in dem Öl, das für die Pfanne vermutlich viel zu gut war, deshalb hatte ich ein paar Blätter Salat gewaschen und geschnitten, die ich damit beträufelte, und servierte mir eine richtige Mahlzeit im Garten. Das Öl war umwerfend gut.

iPad und Buch lagen neben mir, aber ich griff nicht danach, die Motorengeräusche heimkehrender Bergbewohner nahmen langsam ab, das Tageslicht und Vogelgezwitscher ebenfalls, aber das Sirren der Stechmücken nahm zu, und ich musste die rauchende Spirale wieder in Dienst nehmen. Eine kleine Schar Mauersegler unterstützte mich gegen die Mücken und schwirrte in abenteuerlichen Bögen ums Haus, um die Plagegeister zu verspeisen. Irgendwann kehrte Stille ein, und ich saß da, den Blick hügelaufwärts auf das halbhohe Gras und die Olivenbäume gerichtet, und hätte mich nicht gewundert, einen Faun oder eine Nymphe durch die Schatten huschen zu sehen.

Ich fühlte mich angekommen in diesem Versteck, begrüßte die Müdigkeit, die langsam in mir aufstieg, trank den Rest des Weins aus der Flasche von gestern in kleinen, seltenen Schlucken und rauchte alle halbe Stunde eine Zigarette, dachte nichts, außer vielleicht, dass ich nichts dachte, ließ die Nacht sich um mich legen, nahm den Duft von Zitrone und Jasmin wahr und ging schließlich nach oben, um zu schlafen, obwohl es gerade mal Mitternacht war.

~

Ich bin eine Nachtigall, keine Lerche, mit mir ist morgens vor elf Uhr nicht viel anzufangen. Dafür werde ich abends lebendig und arbeite, lese oder sehe mir Filme an bis nachts um zwei. Bettina war das genaue Gegenteil, morgens um sechs Uhr wach und abends um zehn am Ende ihrer Kräfte.

Unterwegs passte ich mich an, so gut ich konnte,

aber ich wachte nachts zur Unzeit auf und schlief schlecht, träumte wild und war froh, wenn endlich die Sonne aufging.

Die Ungleichzeitigkeit unserer Lebensrhythmen war sicher auch verantwortlich dafür, dass unser Sexualleben nach dem ersten Jahr, in dem wir berauscht voneinander durchs Leben getaumelt waren, verkümmerte und nach etwa einem weiteren Jahr so ziemlich ganz einschlief. Die Gelegenheiten, sich einfach ineinander fallen zu lassen, weil der Funke gerade übersprang, waren seltener geworden, und die Momente, in denen das Begehren sich zur Unzeit meldete und verworfen werden musste, nahmen zu.

Auf Reisen holten wir es dann nach und entschädigten einander für die Lustlosigkeit unseres Alltags. Jetzt, an diesem verzauberten Ort, wären wir sicher mit genießerischer Ruhe auf dem Weg zu einem vielleicht sogar gemeinsamen Orgasmus gewesen und hätten einander hinterher, Bauch an Rücken, zufrieden in den Schlaf gemurmelt.

Bettina hätte es hier gefallen. Einen Augenblick lang, während ich die elektrischen Mückenabwehrgeräte in die Steckdosen steckte, dachte ich darüber nach, ihr dasselbe Bild wie am Morgen Martina zu schicken, aber ich war zu müde und wusste auch, dass es falsch wäre.

Nach ihrem Umzug waren noch drei Mails gekommen, bis ich ihr wirklich alles Vergessene per Post nachgeschickt hatte, danach war Sendeschluss. Wir hatten beide das Recht verwirkt, den anderen zu behelligen.

Ein Auto fuhr bergab, das weiche Rauschen der

Reifen auf dem Asphalt übertönte den Motor. Ich zog das Leintuch über mich und umarmte mein Kissen.

~

Zuerst dachte ich, es regne, aber das leise Plätschern, das mich geweckt hatte, musste eine andere Quelle haben. Es klang nicht wie aus einer Dachrinne, nicht gleichmäßig, sondern eher so, als bewege jemand seine Hand im Wasser und fahre damit hin und her. Als ich den Kopf aus dem Fenster streckte, wurde mir klar, dass es vom Pool her kommen musste. Jemand oder etwas schwamm darin. Etwas Größeres als eine Katze.

Dass das ein Mensch sein konnte, kam mir nicht in den Sinn, ich ging, nackt, wie ich geschlafen hatte, eilig nach unten, sah im Vorbeigehen am Küchentisch auf meinem Handy, dass es halb zwei war, und stellte mir vor, ein Hund sei in das Becken gefallen und brauche meine Hilfe. Oder ein Waschbär? Gab es die überhaupt hier? Am Absatz zur ersten Terrasse stoppte ich, weil mir einfiel, dass der Hund auch gefährlich sein konnte. Wenn ich es nicht wagen würde, ihn anzufassen, dann brauchte ich etwas, das ich ihm zum Festkrallen oder Festbeißen hinhalten musste. Ein längeres Stück Holz oder ein Leintuch.

Ich schlich vorsichtig weiter, begriff, dass die ruhigen Intervalle, in denen das Plätschern zu mir heraufdrang, nicht für meine Vorstellung von einem Tier in Panik sprachen, sodass ich, noch bevor ich das Geschehen im hellen Mondlicht vor mir sah, schon wusste, es war ein Mensch.

Garten und die Hecke zu gehen hatte, war es logisch, nur das Nötigste anzuziehen. Aber es wäre auch logisch gewesen, nackt zu kommen. Oder in einem Bademantel. Vielleicht war ja ihr Grundstück nicht so dicht umwachsen wie meines, und sie musste den Blick anderer Nachbarn fürchten, sonst hätte sie doch nur das Handtuch gebraucht.

Ich wartete, ob ich nebenan eine Tür hören würde, erschlug die nächste und übernächste Schnake, wobei ich immer noch versuchte, leise zu sein, aber jetzt mussten mehr als zwanzig Meter Entfernung mit allerlei Vegetation zwischen mir und ihr sein, und außerdem würde sie mich nicht mehr sehen, falls sie doch den Blick in Richtung des leisen Klatschens wandte.

Ich hörte eine Tür, aber es war keine Haustür, sondern eindeutig die eines Autos unten an der Straße. Es schien im Leerlauf bergab zu rollen, denn das Starten des Motors hörte ich erst später und aus größerer Entfernung. Es klang nach einem kleinen Auto, einem Fiat vielleicht, nervös und insektenhaft.

Ich blieb noch eine Zeit lang stehen und versuchte, mir ihre Gesichtszüge zu vergegenwärtigen, aber so richtig klar wollte das Bild nicht werden. Ob ich zu intensiv mit dem Körper beschäftigt gewesen war oder das Mondlicht die feineren Details ihres Gesichts verwischt hatte, ich wusste nur, es war ebenmäßig gewesen. Große oder kleine Nase, breiter oder schmaler Mund, helle oder dunkle Augen – keine Ahnung. Ich würde sie vielleicht nicht wiedererkennen, wenn ich ihr auf der Straße oder im Supermarkt über den Weg liefe.

Wer war diese Frau? Wer traut sich, nachts im Pool

eines fremden Grundstücks zu schwimmen? Dazu noch allein? Teenager tun so was im Freibad, aber sie tun es in Gruppen. Und sie tun es in Städten. So nah am Meer wie hier würde man sich doch eher eine entlegene Stelle am Strand suchen, als durchs Unterholz zu schleichen und sich der Gefahr auszusetzen, entdeckt zu werden. Sie war kein Teenager. Das wenige, was ich an Bewegungen gesehen hatte, ihre Haltung und die Ruhe, die von ihr ausging, deuteten auf eine erwachsene Frau hin. Vielleicht dreißig, vielleicht auch vierzig. Eine Frau, die weiß, wer sie ist, was sie will und was ihr zusteht. Ich weiß nicht, woran ich das zu erkennen glaubte, vielleicht an der lässigen Eleganz der Kleidung, die sie angezogen hatte, eine jüngere und weniger souveräne Frau hätte wohl Jeans und irgendetwas Enges als Oberteil angezogen, ihren Körper sichtbar ausgestellt, zumal wenn er so schön war wie dieser.

Und woher kannte sie das Grundstück? Putzte sie hier? War sie mit einem Handwerker, Gärtner oder Lieferanten zusammen, den sie hierher begleitet hatte? Eine Touristin, die hier früher mal gewohnt hatte? Frau Giannecchini? Aber die würde doch wissen, dass das Haus vermietet ist, und nicht einfach nackt auf dem Grundstück herumgeistern, auch wenn es ihr eigenes war. Immerhin, vom Haus aus konnte man den Pool nicht sehen, und wenn sie leise war und ich schlief, dann konnte sie unbemerkt bleiben, aber wer würde so ein Risiko eingehen? Eine psychisch Gestörte?

Ich stand noch immer da in meinem Faunkostüm, schlug hin und wieder nach einer Stechmücke und war ergriffen von dem mythischen Schauspiel, das sich mir geboten hatte. Ich war mitten in einem Bild von Waterhouse, Alma-Tadema oder Böcklin gelandet. Umgeben von silbrigen Olivenblättern, blassen Zitronen, fahlem Gras und tiefschwarzen Stämmen und Ästen im Mondlicht war eine erotische Erscheinung aus dem Wasser gestiegen wie in den schwülen Träumen eines Fin-de-Siècle-Malers. Oder Bertolucci-Films.

Ich weiß nicht, wie lang ich da stand und mich von der warmen Nachtluft streicheln ließ, bis mir irgendwann die ständigen Mückenangriffe zu lästig wurden und ich nach oben ging, in der Küche eine neue Flasche Wein aufmachte, die Spirale wieder anzündete und mich an den weißen Metalltisch vor dem Haus setzte. Schlafen würde ich jetzt nicht können, das wusste ich.

~

Ich spürte ein Lächeln auf meinem Gesicht. Mein Selbstbild als abgeklärter Aussteiger aus dem Liebeskarussell war durch eine kleine Performance im Mondlicht ad absurdum geführt worden, alle Heimsuchungen waren wieder da. Das ziehende, schmerzähnliche Begehren, das gesteigerte, wieder hellwache Empfinden für den eigenen Körper, die Haut, sogar den Atem, den ich in mich aufnahm, und die zarte, sehnsüchtige Bewunderung für das andere, das Weibliche, die ich zum ersten Mal für meine Kinderliebe Kathrin empfunden hatte.

~

Im Sommer, nachdem sie die Schule und die Stadt verlassen hatte, traf ich sie wieder im Zeltlager der Pfadfinder bei Münsingen auf der Schwäbischen Alb. Sie war bei ihrer Tante zu Besuch, und diese Tante betreute zusammen mit meiner Mutter die Mädchen aus Wertheim. Kathrin war noch schöner als im Jahr zuvor, sie hatte jetzt kurze Haare und sah mit dem grauen Hemd und blaugrünen Halstuch ein bisschen aus wie Jodie Foster, aber ich beobachtete sie nur aus der Distanz, weil sie mit ihren Freundinnen zusammengluckte und mich nach wie vor nicht beachtete.

Nachdem ich aber abends am Lagerfeuer Gitarre gespielt hatte, teils mit meiner Mutter zusammen, teils aber auch allein, wenn sich jemand Stücke wünschte, die sie nicht kannte, sprach mich Kathrin am nächsten Morgen auf dem Rückweg von den Waschräumen an.

»Du spielst gut«, sagte sie.

Ich wusste nichts zu antworten, freute mich, aber zuckte nur mit den Schultern.

»*Lady in Black* war mein Lieblingslied, als ich klein war«, sagte sie, und jetzt wusste ich eine Antwort:

»Das passt zu dir.«

»Wie meinst du das?«

»Du siehst manchmal so verloren aus.«

Sie blieb stehen, ich auch, sie sah mich an, ich wurde verlegen unter ihrem prüfenden Blick und wusste wieder nichts Besseres als mit den Schultern zu zucken.

»Wir sind übrigens Nachbarn«, sagte sie dann, und wir gingen weiter zu den Klapptischen in der Mitte der Lichtung, auf denen das Frühstück für alle knapp zwanzig Jugendlichen und fünf Erwachsenen gerichtet war.

Das Zelt meiner Mutter stand in einem kleinen Halbkreis am Waldrand direkt neben dem ihrer Tante. Die Betreuer schliefen in sogenannten Kohten, lappischen Zelten aus vier Bahnen, die an zwei überkreuzten Stangen aufgehängt waren. Die Jugendlichen schliefen in drei Jurten, das waren größere mongolische Rundzelte, die man aus den gleichen Bahnen, aber mit anderer Aufhängung baute. Kathrin und ich durften als Angehörige von Betreuern in deren Zelten übernachten, ich bei meiner Mutter, sie bei ihrer Tante.

Später am Nachmittag, als wir zu einem Baggersee gefahren waren, spritzte sie mich im Vorübergehen nass, weil ich wie zufällig in der Nähe ihrer Clique ins Wasser ging, und abends, als alle Kinder in ihre Schlafsäcke verbannt wurden, sagte sie: »Schlaf gut, Nachbar«, während wir nebeneinander in unsere Kohten krochen.

Die Erwachsenen waren jetzt allein am Feuer, holten ihre Weinflaschen und vielleicht auch Joints heraus und genossen vermutlich die Zeit, in der sie von ihrer Vorbildfunktion erlöst waren. Manchmal hörte man sie lachen, aber die Geräusche aus dem Wald waren näher, das Knacken und Rascheln und manchmal der Schrei einer Eule oder das Rauschen eines Windstoßes.

Dass Kathrin nebenan schlief, wusste ich schon seit zwei Tagen, seit wir das Lager aufgeschlagen hatten, aber jetzt hatte sie mich bemerkt, sogar mit mir geredet, und ich konnte, weil ihre Nähe auf einmal etwas bedeutete, nicht einschlafen.

Sie offenbar auch nicht, denn irgendwann hörte ich sie fragen: »Bist du wach?«

»Ja.«

»Ich finde es ein bisschen gruselig.«

»Hast du Angst?«

»Ein bisschen. Ja. Meinst du, es gibt hier Füchse oder Luchse?«

»Die kommen aber nicht in dein Zelt.«

»Und wenn sie Tollwut haben?«

»Dann wären wir gar nicht hier. Dann hätte der Förster das Lager verboten.«

Eine Zeit lang schwiegen wir, dann traute ich mich zu fragen, ob ich zu ihr rüberkommen sollte. Und weil sie schwieg, schloss ich noch die Frage an, ob sie vielleicht lieber zu mir rüberkommen wollte.

»Das gibt Ärger, wenn Angela kommt. Oder deine Mutter.«

»Kannst du deine Hand unterm Zeltrand rausstrecken?«

Sie versuchte es, ich hörte es rascheln, dann sagte sie: »Ja. Geht.«

Ich schob meinerseits die Hand nach draußen, so weit ich konnte, und bewegte dann den Arm hin und her, ertastete zuerst einen Hering, dann ein Stück Holz, dann tatsächlich ihre Hand. Wir lagen, nur durch zwei Zeltwände getrennt, direkt nebeneinander.

Wir hielten uns an der Hand, während sich jeder in seinem Zelt so hinruckelte, dass es halbwegs bequem sein würde, ich lag auf der Seite und spürte meinen Atem von der Zeltwand, die nur Zentimeter vor meinem Mund war, zurückkommen.

»Schlaf gut, Nachbar«, sagte sie wieder.

Daran war natürlich erst mal nicht zu denken, denn ihre Hand in meiner zu halten war überwältigend, und es fiel mir schwer, mich zu beherrschen, einfach nur stillzuhalten und nicht etwa ihre Finger zu streicheln, aber schließlich mussten wir doch eingeschlafen sein, denn als irgendetwas Nasses unsere Hände berührte, klang ihre Stimme verschlafen und verwirrt.

»Hast du das auch gespürt?«

»Ja.«

»War das ein Fuchs?«

»Oder ein Reh. Oder ein Hund. Irgendwas hat auf jeden Fall unsere Hände abgeleckt.«

»Vielleicht doch lieber loslassen, oder?«

»Schade.«

»Ja«, sagte sie, jetzt wieder mit ihrer wachen Stimme, »aber nachher kriecht noch eine Schnecke drüber.«

Wir ließen los. Und zogen unsere Hände zurück ins Zelt. Und ich spürte ihre Hand an meiner, bis ich irgendwann wieder einschlief.

Am nächsten Morgen lächelte sie mir über drei Tische hinweg zu, und am Nachmittag wurde sie von ihrem Vater abgeholt.

Ihre Hand spürte ich nicht mehr in meiner, aber alles andere schien mir deutlicher und stärker. Das Licht, der Lärm, der Wind, der Schweiß, das Wasser auf meiner Haut, der Rauch in meiner Nase, es war, als hätte unser vielleicht halbstündiges Händchenhalten ein paar neue Synapsen in meinem Gehirn freigeschaltet, so wie vor ein paar Jahren, als mich *Video killed the Radio Star* so erwischt hatte, dass ich glaubte, die Welt mit anderen Augen zu sehen.

~

Der Wein schmeckte nicht, und auch die Zigarette hätte ich mir sparen können. Es war halb drei, meine Sinne waren auf Schlafen eingestellt, vielleicht auch nur der Geschmackssinn, denn die anderen hatten ganz gut mitgemacht bei der Faun-und-Nymphe-Performance, trotzdem konnte ich mich nicht trennen und blieb sitzen, trank weiter, rauchte weiter und spürte weiter der Erscheinung nach, bis der Mond sich anschickte, ins Meer zu sinken, und die ersten Bäcker oder Schichtarbeiter aus dem Dorf über mir talwärts rollend um mein Versteck kurvten.

ternet, im Fernsehen, in Kunstgalerien oder auf Werbeplakaten – nackte Frauen sind nichts Besonderes. Nicht mehr. In der Regel.

Nachts im Mondlicht, außerhalb der Welt und außerhalb der Zeit als Eindringling im Garten war diese spezielle nackte Frau allerdings die Ausnahme von der Regel. Es gelang mir nicht, sie mit geübtem Desinteresse zu übergehen, sie blieb den ganzen Tag in meiner Erinnerung, und ich wartete auf die Nacht, in der Hoffnung, sie möge wiederkommen.

Ich fuhr zurück nach Hause, schwamm ein bisschen, döste im Schatten, aß Brot mit Öl und Tomaten und fuhr wieder los, bergauf über Pedona nach Süden, ärgerte mich über mich selbst, weil mir das Schalten in der Steigung noch nicht hundertprozentig gelang – immer wieder hoppelte ich zu früh in den nächsthöheren Gang und musste sofort wieder zurück –, ich freute mich an der präzisen Lenkung beim lässigen Bergabrollen, fuhr irgendwann unter der Autobahn durch weiter nach Süden zu dem großen See, den ich von oben in der Ferne hatte glitzern sehen.

Ich hielt nicht an, fuhr einfach spazieren, bis ich genug hatte und den Weg zurück einschlug, mich verirrte und schließlich das Navi zu Hilfe nehmen musste, um meine Zeitinsel wiederzufinden.

~

Es war noch einige Zeit hin, bis es dunkel werden würde, und ich hatte weder Hunger noch war ich müde, noch hatte ich Lust zu lesen, im Internet herumzuspazieren, Musik zu hören oder gar den Fernseher auszuprobieren. Geradeaus gestarrt hatte ich auch schon zur Genüge – ich langweilte mich.

Ich hatte vergessen, wie das ist, wenn man von all dem, was man tun könnte, nichts tun will. Seit meiner Kindheit, als ich das letzte Mal an einem langen Ferientag auf die Uhr geschaut hatte, deren Zeiger sich nicht vorwärtsbewegen wollte, war ich nicht mehr bewusst in diesem angenehm lustlosen Zustand gewesen, irgendetwas hatte mich immer beschäftigt. Ob vor meinen Augen, in meinem Kopf, auf dem Gitarrenhals, einem Notizblock oder später dem Bildschirm, es hatte sich etwas bewegt, und das Voranschreiten der Zeit war selbstverständlich gewesen.

~

Das Gefühl, von all dem, was ich tun will, nichts tun zu können, kannte ich allerdings nur zu gut. Ich hatte ganze Tage in dieser Lähmung verbracht, nachdem meine Mutter auf dem kleinen Läufer in ihrem Flur ausgerutscht war und sich das Handgelenk gebrochen hatte. Ich war zu ihr gefahren, um ihr bei allem, wozu sie zwei Hände brauchen würde, zu helfen, aber noch bevor der Gipsverband abgenommen werden konnte, brach sie ohnmächtig in der Küche zusammen und kam ins Krankenhaus.

Dort stellte man fest, dass ihr Kreislauf verrücktspielte, und versuchte, ihn zu stabilisieren, entdeckte eine extrem verengte Halsschlagader, legte einen Stent und musste ansonsten hilflos zusehen, wie sie in kurzer Zeit all ihre Lebensgeister verlor. Und ihr Gedächtnis.

Ich besuchte sie jeden Tag, hielt ihre Wohnung so

gut ich konnte in Ordnung, wollte mein fertiges Manuskript überarbeiten, klappte aber immer wieder frustriert den Laptop zu, weil es mir nicht gelang, in den Worten, die ich las, Bedeutung zu erkennen.

Meine Mutter baute so rapide ab, aß nichts mehr, trank nur noch, wenn man sie deswegen unter Druck setzte, dass man sie schließlich mit Flüssigkeit ernähren musste. Dadurch kam sie körperlich zwar wieder in Ordnung, und ich konnte sie mit dem Rollstuhl durch den kleinen Park schieben, aber ihr Kurzzeitgedächtnis war nach wenigen Wochen vollständig verschwunden, sodass man alles kontrollieren musste. Welche Pillen sie nahm, dass sie trank, es war unmöglich, sie nach Hause zu entlassen, zumal sie so geschwächt war, dass sie nicht alleine auf die Toilette oder unter die Dusche gehen konnte.

Man riet mir dringend, sie in ein Pflegeheim zu geben, was mir nach einiger Rennerei und einer Menge an Papierkram und Gesprächen mit Hausarzt, Krankenkasse und Heimleitungen auch gelang, und ich fuhr schließlich mit ihr dorthin, nachdem ich mit einer Umzugsfirma Bilder, Bücher, Kleider- und Geschirrschrank, Fernseher, Tisch und Stühle in ihr hübsches Eckzimmer mit Terrasse gebracht hatte.

Mein schlechtes Gewissen, dass ich sie abschob, war fast unerträglich, aber sie schien nichts davon zu bemerken, weil sie ihre frühere Aussage, sie wolle auf jeden Fall zu Hause sterben, vergessen hatte.

»Jetzt zieh ich doch tatsächlich noch mal um«, sagte sie, als ich sie im Rollstuhl auf das Eingangsportal zuschob.

Das Heim lag nur zwei Straßen vom Main entfernt, nahe am Hofgarten und hatte freundliches Personal, das zudem bald in meine Mutter vernarrt war, weil sie liebenswürdig und höflich nie meckerte und trotz allem, was sie vergaß oder nicht mehr verstand, ihren Charme nicht verloren hatte.

Ich richtete mich notdürftig in ihrer halb ausgeräumten Wohnung ein mit Tisch und Stuhl von Ikea und besuchte sie jeden Tag nach ihrem Mittagsschlaf um drei Uhr nachmittags, blieb bis zum Abendessen, spazierte zurück und streifte durch die Stadt, aß irgendwo, ging ins Kino, telefonierte mit Bettina, streunte im Internet durch YouTube und Facebook, was meine Telefonrechnung in absurde Höhen trieb, weil es in der Wohnung meiner Mutter keinen Anschluss gab und ich mich mit dem Handy als WLAN behelfen musste.

Ein Heim in Nürnberg oder der näheren Umgebung war nicht zu finden gewesen, aber ich hatte mich bei dreien auf die Warteliste setzen lassen und hoffte, Wertheim würde eine Zwischenlösung bleiben.

Bettina machte mir keine Vorwürfe, sie sagte: »Du bist ein guter Sohn«, und ich hörte den Unterton mit, ich sei ein Muttersöhnchen. Aber das ritterliche Element, das sie in meinem Verhalten auch sah, gefiel ihr.

Mein Manuskript fertig zu bearbeiten gelang mir nicht, also schickte ich es irgendwann so, wie es war, an den Verlag und hoffte, die Lektorin würde all die Ungeschicklichkeiten entdecken, die ich nicht mehr aufgespürt hatte.

~

Die Nachmittage mit meiner Mutter verliefen eintönig, aber entspannt. Wir saßen auf ihrer Terrasse oder waren im Hofgarten unterwegs, sie im Rollstuhl, ich dahinter, sie erzählte von ihrer Jugendliebe, von Kolleginnen in der Schule, von ihrer Mutter, der sie ein Kondom aus der Nachttischschublade gestohlen hatte für das erste Mal mit meinem Vater – die Geschichten griffen immer weiter in ihre Jugend und Kindheit zurück, und ich hörte, wie immer, nicht zu.

Obwohl ich wusste, dass es die letzte Gelegenheit war, meine Mutter als eigenes Wesen kennenzulernen, als Wesen, das lange vor meiner Geburt existiert hatte und in dessen Leben meine Existenz nur ein Teil des Ganzen war, schaffte ich es nicht, den Durchzug, auf den ich jahrelang trainiert gewesen war, abzuschalten. Ich wollte, riss mich zusammen und versuchte alles, wovon sie sprach, vor mein inneres Auge zu holen, aber ich landete regelmäßig wieder in diesem Traumzustand, in dem ihre Stimme wie eine Art Musik nebenherlief.

Dennoch hatte ich das Gefühl, ihr nahe zu sein, sah ihre Freude jedes Mal, wenn ich kam, sah, dass sie sich wohlfühlte, wenn ich nur da war, und wusste, dass dies die letzten Momente unseres gemeinsamen Lebens sein würden.

~

Als sie nach etwas mehr als zwei Monaten wieder ins Krankenhaus kam, weil man sie morgens bewusstlos in ihrem Badezimmer gefunden hatte, war es zu spät für Worte, denn sie erwachte nicht mehr aus dem Koma.

Ich saß eine Stunde am Vormittag und eine am Nachmittag an ihrem Bett, las ihr vor aus meinem Manuskript, in der Hoffnung, dass meine Stimme sie erreichen und ihr guttun würde, hielt ihre Hand, küsste sie zum Abschied jedes Mal auf die Stirn und versuchte, mich auf die Trauer vorzubereiten.

In der vierten Nacht blieb ihr Herz stehen, und fürs Trauern war keine Zeit, denn ich musste einen Bestatter finden, ein Grab, eine Anzeige aufgeben, Karten drucken lassen und an alle Namen im Adressbuch meiner Mutter schicken, eine Trauerfeier organisieren, die Wohnung kündigen und räumen – darüber vergingen Tage, an denen ich nicht merkte, wie anders mein Leben wurde, weil der letzte Mensch, der zu mir gehört hatte, ohne sich dafür entscheiden zu müssen, daraus verschwunden war.

~

Ich rückte die weiße Plastikliege so nahe an den Rand der Wiese, dass ich eine etwaige Bewegung im Pool auf jeden Fall hören würde. Blick aufs Wasser hatte ich keinen, aber es waren nur ein paar Schritte, die ich abwärtsschleichen musste, um den verborgenen Spannerplatz von gestern Nacht zu erreichen. Ich legte eine Tagesdecke auf die Liege, mein Leintuch drauf – beides konnte ich über mich schlagen, falls mir kalt werden sollte –, holte zwei kleine Kissen vom Sofa im Erdgeschoss und stellte vier Rauchspiralen auf Untertassen um die Schlafstatt herum.

Die letzten Mauersegler hatten längst ihre gespenstische Jagd beendet, der Mond war über meinem Dach erschienen und tauchte meine windstille und geräuschlose Mythenwelt in sein altsilbernes Licht, als ich die Kerze auf dem Tisch ausblies und mich in Jeans und T-Shirt hinlegte. Die Schuhe zog ich aus und stellte sie auf einen Stuhl neben mich, damit nicht irgendwas, Käfer, Schnecke oder gar Skorpion, sich darin einrichten konnte.

~

Vermutlich hatte mich das Sirren einer Schnake geweckt, denn das Plätschern, das danach an mein Ohr drang, war so leise, dass ich davon alleine nicht aufgewacht wäre. Ich setzte mich auf, zog meine Schuhe an, registrierte dankbar, dass die Liege nicht knarrte, und schlich vorsichtig über zwei kleine Treppen zu meinem versteckten Ausguck.

Wie spät es war, wusste ich nicht, aber das Schattenmuster zwischen den Bäumen war anders als in der Nacht zuvor. Auf den zwei Metern vom Plattenweg, der zum Pool hinabführte, seitwärts ins Gebüsch, war es hell, und die Schwimmerin hätte mich, falls sie hersah, entdecken können. Dünne Streifenwolken dämpften das Mondlicht zwar ein wenig, aber das änderte nichts an meiner Sichtbarkeit, deshalb vergewisserte ich mich zuerst, ob sie meinen Standort im Blick haben konnte. Sie schwamm weg von mir, aber nicht auf dem Rücken, also huschte ich durch den Lichtfleck ins Dunkle, wo ich in meiner blauen Kleidung mit der Umgebung verschmolz.

Sie hatte umgedreht und schwamm wieder her, und jetzt lag sie auf dem Rücken, sodass ihre Brüste sich aus dem Wasser erhoben. Sie schwamm langsam und schien darauf bedacht, möglichst kein Geräusch zu machen, lag manchmal nur im Wasser, als wolle sie ihrem Körper den Himmel zeigen oder dem Himmel ihren Körper. Ich war froh, diesmal nicht nackt hier zu stehen, denn selbstverständlich hatte sich das atavistische Faunserbe meiner Vorfahren wieder bemerkbar gemacht, das in eindeutiger Weise meine Silhouette verschandelt hätte. Zwar sah mich hier niemand, aber vor mir selbst war es weniger peinlich, nur eine nicht allzu auffällige Beule in den Jeans zu wissen.

Vielleicht zehnmal schwamm sie noch hin und her mit diesen ruhigen, leisen, genießerischen Zügen, dann stieg sie wieder aus dem Wasser, ging wie in der Nacht zuvor in die Hocke, um das Handtuch aufzunehmen und sich die Haare zu trocknen, dann zum Garderobenast, von dem sie diesmal aber einen dunklen Bademantel nahm, den sie nicht anzog, sondern nur um ihre Schultern legte.

Dann musste sie also die Nachbarin sein. Im Bademantel wäre sie wohl nicht Auto gefahren. Das Motorengeräusch, das ich am Tag zuvor gehört hatte, war nur zufällig ihrem Verschwinden durch die Hecke gefolgt.

Ich wartete noch eine Weile darauf, eine Tür im Nachbarhaus zuschlagen zu hören, aber da war nichts, also ging ich zurück nach oben, setzte mich an den Tisch, zündete die Kerze an, dann eine Zigarette und schenkte ein Glas Wein aus der Flasche ein, die ich vorsorglich hatte stehen lassen.

~

büsch gestanden und ihr beim Schwimmen zugesehen haben könnte.

»Arbeiten Sie nachts?«

»Zu Hause ja, aber hier bin ich faul.«

Ich hörte selbst, wie einsilbig ich klang, so, als wollte ich, dass sie möglichst schnell wieder verschwindet, und ich versuchte, mir etwas einfallen zu lassen, um diesen Eindruck zu verwischen, aber ich war zu sehr gefangen von der seltsamen Situation. Nachts um halb drei bei Kerzenlicht einer nur mit einem Bademantel bekleideten Frau gegenüber, die ich vor wenigen Minuten heimlich beobachtet hatte. Und sie wusste nichts davon.

Als hätte sie meine Gedanken gelesen, sagte sie: »Ich weiß, dass ich unpassend angezogen bin für eine kleine nachbarschaftliche Plauderei, aber wenn Sie es noch ein paar Minuten mit mir aushalten, dann esse ich Ihnen auch noch ein bisschen Ihre Vorräte weg. Das Brot verlockt mich. Und ich habe auf einmal Hunger.«

»Es gibt auch noch Käse«, sagte ich und stand auf, »und wenn Sie mögen, Tomaten und Antipasti.«

Sie lächelte wieder: »Alles. Her damit. Ich mach es morgen wieder gut.«

»Bitte nicht. Sie sind mein Gast.«

Ich schnitt noch mehr Brot, legte Tomaten auf einen Teller, Antipasti auf einen anderen, Parmigiano und Cheddar auf einen dritten und brachte alles, zusammen mit Messer und Gabel nach draußen, während ich überlegte, wieso mir ihr Gesicht vage bekannt vorkam. War sie vielleicht Schauspielerin, und ich hatte sie in irgendeinem Film gesehen? Oder in einem Agenturprospekt?

»Sind Sie irgendwie berühmt?«, fragte ich.

»Nein. Irgendwie nicht, wieso?«

»Weil ich mir eben eingebildet habe, ich könnte Ihr Gesicht von irgendwoher kennen.«

»Dann müssten Sie mit der Universität in Pisa zu tun haben. Haben Sie?«

»Nein. Sind Sie Professorin?«

»Dozentin. Ich will mich aber für eine Professur bewerben, und dafür brauche ich den Doktortitel, deshalb schreibe ich so spät im Leben noch eine Doktorarbeit. Nachts. Da stört mich nichts.«

»Spät im Leben? Das klingt seltsam für mich.«

»Man macht seinen Doktor normalerweise mit Mitte zwanzig.«

»Aha.«

»Ich bin nicht Mitte zwanzig, falls Sie das auch noch wissen wollen.«

»Nein, ich weiß, dass man sich das verkneift gegenüber einer Dame. Aber Ihr Fach würde mich interessieren.«

»Economia. Bei euch heißt das Wirtschaftswissenschaften.«

»Und über welches Thema schreiben Sie?«

»Mill, Hayek, Friedman, die einflussreichen Liberalen. Nichts Originelles, nur eine Art vergleichendes Resümee.«

Sie schnitt sich eine Tomate in Scheiben, träufelte Öl auf eine Scheibe Brot, legte die Tomaten darauf und streute Salz darüber. Genau so hätte ich es auch gemacht. Ich schenkte Wein ein und wollte nach den Zigaretten greifen, hielt mich aber in der Bewegung zurück, weil ich dachte, es könnte sie stören.

»Rauchen Sie. Das stört doch nicht«, sagte sie und gab der Zigarettenschachtel einen kleinen Schubs in meine Richtung.

Sie hatte tatsächlich Hunger, das sah ich an der Art, wie sie abwechselnd von ihrem Brot abbiss und dann kleine Stückchen vom Parmigiano schnitt und in den Mund schob.

»In einem Monat ist alles voller Glühwürmchen«, sagte sie, »gefällt es Ihnen hier?«

»Es verzaubert mich.«

Sie trank einen Schluck Wein und sah mich an, als erwarte sie mehr von mir als nur jeweils drei Worte, also versuchte ich zu beschreiben, dass ich mich hier wie in einer Zeitschleife fühlte, mein eigenes normales Leben mir unendlich weit weg und vor allem fremd vorkam, dass ich vor lauter Freude an diesem Garten hier meine touristischen Vorhaben vielleicht hintanstellen würde – Pisa, La Spezia, noch einmal Lucca und vielleicht Florenz –, einen Ort wie diesen hätte ich noch nicht gesehen.

»Mein Vater hat hier gewohnt«, sagte sie. »Er hat es so ähnlich beschrieben wie Sie jetzt. Arkadien hat er diesen Ort genannt.«

Ich wagte nicht zu fragen, ob er tot oder im Altersheim sei, aber sie las wieder meine Gedanken: »Er ist vor zwei Jahren gestorben.«

»Hat er all diese Antiquitäten gesammelt?«

»Ja. Er ist mit seinem Jeep durch die Dörfer gefahren und hat den Leuten alles abgeschwatzt, was ausgemustert in ihren Schuppen herumlag. Er ist in einer Bauernfamilie aufgewachsen und hatte eine nostalgische Liebe für die alten Gerätschaften.«

»Gerätschaften. Wieso ist Ihr Deutsch so gut? Ein Wort wie *Gerätschaften* kommt Ihnen einfach so über die Lippen, ohne dass Sie überlegen müssen?«

Sie lachte: »Wieso. Ist das so entlegen?«

»Schon wieder so eins. *Entlegen.*«

»Ich musste nach der Scheidung mit meiner Stiefmutter nach Deutschland ziehen. Nach Hannover. Bis ich volljährig war. Dann habe ich auch noch in Hamburg studiert. Hier bin ich erst seit fünfzehn Jahren. Ich wollte ein bisschen auf meinen Vater aufpassen und habe mich deshalb in Pisa beworben.«

»Vermissen Sie ihn?«

»Ja.«

Ein kleines Schweigen trat ein. Ich war unzufrieden mit mir selbst, weil eine so persönliche Frage mir nicht zustand. Sie war einfach so herausgekommen. Ohne dass ich die Kontrolle darüber gehabt hatte. Vielleicht weil ich in den letzten Tagen immer wieder in Gedanken mit meiner Mutter beschäftigt gewesen war. Und wieder gemerkt hatte, dass sie mir fehlte.

Ich überlegte kurz, ob ich mich entschuldigen sollte, aber das würde das Ganze noch peinlicher machen, also nahm ich mir, um die Verlegenheit zu überspielen, noch eine Zigarette aus der Packung und zündete sie an.

»Darf ich auch eine haben?«, fragte sie, und ich beeilte mich, ihr die Packung anzubieten.

»Das ist meine Halbjahresration«, sagte sie nach dem ersten Zug, »ich rauche nämlich gar nicht.«

»Dafür können Sie es aber ganz gut«, sagte ich, froh, das Geplauder wieder in Gang bringen zu können.

»Das ist wie Fahrradfahren«, sagte sie, »verlernt man nicht.«

Sie rauchte genüsslich. Drei Scheiben Brot, alle Tomaten und ein gutes Stück vom Käse hatte sie gegessen. In ihrem Glas war noch ein bisschen Wein, vielleicht zwei Fingerbreit, das trank sie aus, nachdem sie die Zigarette ausgedrückt hatte, und stand auf.

»Danke für die Gastlichkeit«, sagte sie, »ich gehe jetzt noch mal an die Arbeit. Für eine Stunde oder zwei habe ich noch Schwung. Nicht zuletzt wegen der netten Pause mit Ihnen.«

»Jederzeit gern«, sagte ich, wieder ohne nachzudenken, ob es passend war, »selbe Zeit, selber Ort?«

»Sie meinen, wir Nachteulen müssen zusammenhalten?« Sie lachte wieder.

»Genau.«

»Buona notte.«

»Buon lavoro.«

Sie nahm das Handtuch, das schon seit einiger Zeit über der Stuhllehne gehangen hatte, und den Schlüssel, ging zur Treppe und verschwand abwärts und aus meiner Sicht.

Inzwischen hatte sich Tau auf alles gelegt, ich merkte es erst jetzt, als ich die Teller und Gläser nahm, um sie nach drinnen zu bringen. Das Leintuch und die Tagesdecke waren auch ein wenig klamm, und ich ließ beides liegen, damit es in der Morgensonne trocknen konnte.

6

Nach dem Frühstück fuhr ich über Viareggio die Uferstraße entlang nach Norden. Die Strandbäder waren nur mäßig bevölkert von älteren Leuten, dazwischen ein paar Mütter mit Kindern und der eine oder andere Müßiggänger mittleren Alters, der, wie ich, außerhalb der Ferienzeit Urlaub machen konnte. Keine Jugendlichen oder junge Erwachsene außer hinter den Theken der Bars und Restaurants, keine gewagten Bikinis, keine Waschbrettbäuche, ein normaler Wochentag, an dem der Fortbestand der Menschheit andernorts verhandelt wurde.

Ich teilte mir die Straße mit Handwerkern, Lieferanten und Vertretern und hatte das Gefühl, ich sei der Einzige, der hier zum Vergnügen unterwegs war.

Seit dem Aufwachen fühlte ich mich beschwingt oder erleichtert, obwohl ich mich zuerst einmal, wie meist am Morgen, halb blind ins Badezimmer getastet und einige Zeit gebraucht hatte, bis ich warmgelaufen war. Das nette Geplauder in der Nacht hatte die Karten neu gemischt. Livia Giannecchini und Phillip Dorn waren einander jetzt offiziell vorgestellt und bekannt, und deshalb kam es nicht mehr infrage, dass Herr Dorn sich im Gebüsch versteckte, während Frau Giannecchini sich nichts ahnend im Wasser tummelte. Das peinliche Voyeursthema war damit erledigt.

Falls sie meiner Einladung folgen sollte, musste ich erstens oben auf der Terrasse auf sie warten und würde sie zweitens vermutlich im Badeanzug schwimmen, da sie ja jetzt wusste, dass ich wach war.

Es war ja nicht nur peinlich und moralisch unvertretbar gewesen, dass ich sie belauscht hatte, es war auch lächerlich, mich in diesen erotisierten Zustand fallen zu lassen, der vielleicht eines pubertierenden Jünglings, nicht aber eines neunundvierzigjährigen Mannes würdig war. Ich hatte das zwar als willkommene Pause von der altersgemäßen Abstumpfung genossen und mich lebendiger gefühlt als sonst, aber das wirkliche Leben hielt inzwischen anderes für mich bereit als hormonellen Aufruhr und erotische Verblendung. Das lag alles hinter mir. Sich daran festzukrallen, es immer wieder heraufzubeschwören, nur weil ich nicht älter oder alt sein wollte, wäre so albern wie vergeblich – ich war älter, ich wusste es, es war mir recht –, eine Lederjacke, zerrissene Jeans oder gar ein Hoodie kamen nicht infrage. Natürlich war das eine Selbstbeschwörung, wirklich jenseits von Gut und Böse ist man nicht mit fünfzig, sondern vielleicht mit siebzig, aber Bettina steckte mir noch immer in den Knochen, und ich war mir sicher, dass ich so etwas nicht noch einmal verkraften würde.

Die Orte gingen bis Carrara ineinander über, jedenfalls wenn man die Campingplätze und Ferienanlagen dazuzählte, die sich zwischen ihnen entlang der Straße aufreihten, dann bog die Straße vom Meer weg und führte durch leere Landschaft mit Getreidefeldern, Obstplantagen und spärlich verstreuten Gehöften dann wieder zurück nach Westen auf Industrie und Hafen von La Spezia zu.

Auf dem Weg zur Stadtmitte kam ich an einem Friedhof vorbei und sah einen Trauerzug auf seinem Weg von der Kapelle zum Grab, ein Pfarrer vorneweg, dann der Sarg, von vier Männern getragen, dann eine Gruppe, die die Familie sein musste, und ein zwanzig, dreißig Meter langer Strom schwarzer Figuren, dessen Ende ich nicht sah, weil immer neue aus der Kapelle traten.

Mehr konnte ich nicht ausmachen, weil der fließende Verkehr mich mit sich nahm, aber aus dem Augenwinkel hatte ich mitbekommen, dass Männer und Frauen, junge und alte, Kinder und Greise darunter gewesen waren.

~

Zur Beerdigung meines Vaters in Stuttgart hatte sich, außer dem Bischof, der sein Vorgesetzter gewesen war, und einigen Kollegen nur noch der Chor aus Wertheim versammelt. Eine überschaubare Menge von weniger als zwanzig Menschen mit mir und meiner Mutter.

Bei ihrem Begräbnis waren dann mehr als hundert gewesen, sie standen in Dreierreihen an der Wand der

Aussegnungshalle, und das Schluchzen und Schnäuzen kam aus allen Richtungen, als zuerst die Pfarrerin eine kurze Ansprache hielt, in der sie, auf meine Bitte hin, Gott außen vor ließ, dann eine Schülerin von damals, die inzwischen selbst Lehrerin war, von meiner Mutter erzählte. »Marion Dorn«, sagte sie zum Schluss, »war für uns alle eine Inspiration, Jahre bevor meine Mitschüler und ich mit diesem Wort etwas anzufangen wussten.«

~

Carola, so hieß die Schülerin, hatte mich am Ausgang des Tunnels zum Parkhaus angesprochen, ob ich Philipp sei, der Sohn von Frau Dorn, wie es ihr gehe, sie habe sie schon länger nicht mehr in der Stadt gesehen, und als ich sagte: »Sie ist gestern Nacht gestorben«, waren ihr Tränen gekommen, und sie hatte mich gleichzeitig mit einem abwiegelnden Wedeln ihrer Hand um Verzeihung für diese Reaktion gebeten.

Ich nahm sie in den Arm und zog nebenbei ein Papiertaschentuch aus meiner Jacke. »*Ich* müsste *dich* trösten«, sagte sie später, nachdem sie sich geschnäuzt und ihre Tränen mit dem Ärmel ihrer Bluse abgewischt hatte.

Sie half mir bei allem, was anstand, und sie war eine Expertin, weil sie vor einem Vierteljahr ihren Vater beerdigt hatte. Manchmal fühlte es sich an, als hätte ich eine Schwester, die den Tod meiner Mutter genauso stoisch akzeptieren wollte, aber genauso wenig ertragen konnte wie ich. Sie nahm mir ab, was möglich war, und instruierte mich für alles andere, nannte mir die Ansprechpartner, Notar, Standesamt, Friedhofsverwaltung, half mir beim Durchsuchen der Wohnung nach einem Testament, der Wahl des Sarges und des Grabsteins, beim Adressieren der Trauerkarten und Formulieren der Anzeige, wir kochten gemeinsam in der Wohnung meiner Mutter und erzählten uns abends gegenseitig von ihr.

»Eins habe ich von ihr gelernt«, sagte Carola an einem dieser Abende, »es gibt keine Entschuldigung für Unfreundlichkeit.«

»Hat sie das mal gesagt?«

»Sie hat es vorgelebt. Sie war zu jedem Menschen freundlich, sogar wenn jemand versuchte, herablassend oder arrogant ihr gegenüber aufzutreten. Sie blieb freundlich, ohne ihren Stolz zu verraten. Sie war nie unterwürfig, blieb immer souverän, und ihre Stimme klang nie verstellt, nicht einmal den Kindern gegenüber, wenn sie für Ruhe sorgen musste.«

»Wieso kanntest du sie so gut? Du warst doch ein Kind, als sie deine Lehrerin war.«

»Ich habe sie im Referendariat als Mentorin gehabt und schon vorher im Studium bei ihr hospitiert. Als ich klein war, haben wir alle sie bewundert. Zuerst wegen ihrer Schönheit und dann aber bald wegen ihrer Herzlichkeit und Ruhe, und weil sie uns allen das Gefühl gab, sie mag uns.«

»Ich glaube, sie hat sich nie viel aus ihrer Schönheit gemacht.«

»Das glaube ich nicht. Nein. Sie hat das *Richtige* daraus gemacht: Den Respekt, den man ihr deswegen entgegenbrachte, erwidert. Sie hat die Zuneigung und das Interesse nicht einfach nur konsumiert als Futter für ihr Ego. Aber vielleicht meinst du ja auch nur, dass sie sich nichts darauf eingebildet hat. Das stimmt sicher.«

»*Ich* habe mir was drauf eingebildet«, sagte ich, »auf Reisen wurden wir manchmal richtig verwöhnt. Man versuchte, ihr jeden Wunsch von den Augen abzulesen, und ich wurde als Glückspilz angesehen. Manchmal dachte ich, die halten uns für ein Liebespaar, vor allem in Frankreich. In Italien waren wir immer eher Mutter und Sohn.«

»Sie hat von Italien geschwärmt.« Carola klang schüchtern oder verlegen, als sie noch hinzufügte: »Und von dir.«

Wir schwiegen eine Zeit lang, bis ich, vielleicht ähnlich schüchtern oder verlegen, sagte: »Und ich habe noch keine einzige Träne vergossen.«

»Das kommt noch.«

Sie hatte recht.

~

Als der Sarg ins Grab gesenkt worden war, sagte die Pfarrerin nur die drei Worte »Ruhe in Frieden«, die genügten, um mich blind nach der kleinen Schaufel tasten zu lassen, mit der ich als Erster eine Handvoll Erde in dieses grausig nüchterne Loch im Boden werfen sollte. Schließlich nahm ich meine Hand und senkte sie tief in den Haufen, der auf einer großen Schale in Hüfthöhe bereitstand. Carola tat es mir nach, nahm ebenfalls die Hand, und alle weiteren Trauergäste hielten es genauso.

Carola stand neben mir die ganze Zeit über, in der

ich Hände schüttelte und mich für das Beileid bedankte, das mir von wildfremden Menschen bekundet wurde.

Eigentlich hatte Bettina versprochen zu kommen, es aber doch nicht geschafft, weil die Redaktion sich querlegte. In den letzten fast vier Monaten hatten wir uns ganze dreimal gesehen, wenn ich kurz nach Nürnberg gefahren war, um Kleider und anderes zu holen. Die Rechnungen schickte sie mir nach Wertheim, und andere Post las sie mir am Telefon vor.

Ich hätte fast nach Carolas Hand gegriffen, so dankbar war ich ihr, dass sie einfach neben mir stand und die Schwester spielte, die ich nie gehabt hatte, aber ich tat es nicht, sondern konzentrierte mich darauf, mit jedem, der sich von meiner Mutter verabschiedete, Augenkontakt aufzunehmen. Ich sah nicht auf die Uhr, aber es dauerte länger als eine halbe Stunde, bis alle an uns vorbei waren und sich die Menge auflöste.

Carola und ich gingen als Letzte mit einigem Abstand hinter den anderen. Es gab keinen Leichenschmaus, weil ich den traurigen und würdevollen Teil nicht mit anekdotischem Geplauder verkleinern wollte. Und ich hätte nicht gewusst, was ich mit all diesen fremden Menschen anfangen sollte, die mir erzählen würden, woher sie meine Mutter kannten. Das wollte ich alles nicht wissen.

~

»Jetzt hast du's fast geschafft«, sagte Carola später, als wir ein Stück am Mainufer entlanggingen, »nur noch die Wohnungsauflösung. Das wird noch mal schlimm.«

Uns war beiden nicht nach reden zumute, und als wir uns trennten, weil sie noch in der Schule zu tun hatte, sagte ich nur: »Danke. Für alles.« Und sie antwortete nicht, umarmte mich stattdessen, zupfte mir dann den Krawattenknoten zurecht, der sich gelöst hatte, küsste mich kurz auf den Mund und ging los.

~

Auf der Fahrt hatte ich mit dem Gedanken gespielt, nach Cinque Terre zu fahren, aber ich verwarf diese Idee wieder, als ich auf der Anschlagtafel am Bootsanleger las, dass die Fahrt drei Stunden dauern würde, und mir klar wurde, dass ich einen Hut brauchte, wenn ich so lange Zeit an Deck in der prallen Sonne sitzen würde. Unter Deck mitzufahren kam nicht infrage, ohne freien Blick und Wind im Haar war das nichts für mich. Aber einen Hut zu kaufen kam ebenfalls nicht infrage, das war mir zu sehr Touristenverkleidung.

Ich parkte dennoch am Fährhafen Porto Mirabello auf einem bewachten Parkplatz mit Schranke, weil ich die Stadt nicht kannte und nicht wusste, ob nicht vielleicht Automarder auf Motorrollern hier unterwegs waren. Eigentlich bestand diese Gefahr eher in der Hochsaison, wenn der Tisch reichlich gedeckt war mit vollgepackten Autos, aus denen man mit schnellem Griff Kameras, Laptops und manchmal auch Bargeld ziehen konnte.

Beim Schlendern durchs Centro Storico streifte mein Blick über die Schaufenster, weil ich eigentlich ein Geschenk für Martina finden wollte, aber er fiel immer nur auf Dinge, die Bettina gefallen hätten, oder auf Auslagen, die Lebensmittel, Gemüse oder Wein darboten. Es lief wohl auf ein Fresspaket hinaus. Das spießigste Mitbringsel direkt nach einer Kopie des David von Michelangelo. Allerdings sollte mich das nicht abhalten. In meiner privaten Dialektik ist jemand, der sich selbst als Spießer sieht, gerade deswegen keiner, und umgekehrt erkennt man den Spießer daran, dass er immer andere dafür hält.

Ich konnte mich nach Schokolade oder Pralinen umsehen, wenn ich bereit war, Martinas Ambivalenz hinzunehmen. Sie liebte Schokolade und wollte genau deswegen keine im Haus haben.

An einem kleinen Platz, der so wirkte, als sei er in der Stadtplanung nicht vorgesehen gewesen, weil die umstehenden Häuser allesamt so schmucklos und nüchtern aussahen, als zeigten sie nur ihre jeweiligen Rückseiten, aß ich etwas und trank einen Espresso, merkte, dass ich müde wurde, und bestellte einen zweiten, dann beschloss ich, nach Hause zu fahren. Nach Arkadien.

~

Ich nahm diesmal die Autobahn, weil die Uferstraße jetzt zum Feierabend hin voll sein würde und ich Joe Louis ein bisschen Auslauf gönnen wollte. Das Auto kam mir vor wie ein junger Hund, der ständig rauswill, um hinter irgendetwas herzujagen. Inzwischen redete ich auch mit ihm, begrüßte ihn beim Einsteigen und verabschiedete mich beim Aussteigen. Dabei kam ich mir nicht lächerlich vor. Ich hatte immer mit meinen

Autos geredet, denn sie hatten immer Charakter gehabt. Und Charakter gibt es nicht ohne Seele.

Meinen Alfa, ein Modell von 1975 von einem Schrauber für dreitausend Mark gekauft, hatte ich sogar gesiezt. Er war eine Diva und musste mit Respekt behandelt werden, verlangte mal hier ein neues Lager und dort eine neue Dichtung, sprang bei Nebel nur unwillig an und bei Kälte überhaupt nicht. Genau genommen war er eine Zicke, aber ich hatte so lange von ihm geträumt und war so glücklich, ihn endlich zu fahren, dass ich mir fast zwei Jahre lang alles bieten ließ. Dann wurde mir jedoch klar, dass die vielen Werkstattbesuche mein finanzielles und die Pannenstopps mein zeitliches Budget sprengten, also verkaufte ich ihn für tausend Mark an den Schrauber zurück und begann von einem Ford Mustang zu träumen.

Selbstverständlich redete ich nur mit dem Auto, wenn ich allein war und mich niemand deswegen für albern halten konnte. Autos mit Seele sind nicht gerade eine weitverbreitete Vorstellung und nichts, was man mit irgendwem diskutieren sollte.

~

Am Kreisverkehr nach der Abfahrt in Viareggio nahm ich die Abzweigung zum Coop, weil mir unterwegs die Idee gekommen war, eine Kartoffelsuppe zu machen. Die konnte ich am nächsten Tag aufwärmen oder auch in der Nacht, falls ich Besuch bekäme und dieser Hunger hätte. Ich kaufte alles ein, was ich dazu brauchte, Karotten, Lauch, Kartoffeln, Petersilie, Crème fraîche und Brühwürfel. Pfeffer und Öl hatte ich zu Hause. Dann suchte und fand ich den Wein, den meine Nachbarin mit anerkennendem Heben einer Augenbraue geadelt hatte, und legte drei Flaschen in den Korb. Brot, Milch, Tomaten und Antipasti brauchte ich auch wieder, und als ich an der Bäckertheke die Süßigkeiten sah, dachte ich, das passt zu einer Nachtarbeiterin, also nahm ich noch zwei kleine Apfeltörtchen dazu.

Als Joes Heckklappe sich per Fernbedienung hob und ich den Einkauf hineinstellte und gleichzeitig einer wartenden Lanciafahrerin mit Gesten signalisierte, dass sie meinen Parkplatz haben konnte, fühlte ich mich angekommen. Fast heimisch. Ich könnte es hier aushalten, dachte ich. Ich würde hierher passen.

Zurück im Kreisverkehr, vor der Abfahrt nach Camaiore, fiel mir ein, dass ich Muskatnuss vergessen hatte, und ich fuhr zurück, weil es ohne nicht geht. Jedenfalls nicht auf meinem Kochniveau.

~

Als ich das quietschende Tor schloss und in den Garten zurückkam, um den Einkauf aus dem Wagen zu nehmen, fiel mir zum ersten Mal auf, dass es hier nach Rosmarin roch. Nach trockenem Gras außerdem und dem Harz der Zypressen an der Grenze zum Nachbargrundstück. Dass mir das erst jetzt, am dritten Tag, zu Bewusstsein kam, erstaunte mich, denn üblicherweise melden sich Gerüche doch gleichzeitig mit Anblick und Geräusch beim Gehirn. Vielleicht schärften sich meine Sinne durch die Ruhe hier, war der Duft dieses Gartens subtil oder hatte irgendetwas die Atmosphäre verändert, sodass er erst jetzt so richtig zur Geltung kam. Ich atmete tief ein.

Neben der Tür, im Schatten, stand ein Stoffbeutel, in dem ich ein Brot und zwei Flaschen Wein entdeckte. Brunello. Schade. Dass die Nachbarin mich für mein kleines, improvisiertes Gastmahl entschädigen wollte, machte sie in meinen Augen kleinlich. Aber vielleicht war es nicht als Kompensation für gestern gedacht, sondern als Depot für heute. Tatsächlich fand ich einen gelben Zettel an einer der Weinflaschen: *Jetzt schon aufmachen, dann kann er atmen.* Also hatte sie meine flapsige Einladung ernst genommen und würde mich heute Nacht wieder besuchen. Ich öffnete eine der Flaschen und legte den Korken daneben.

Ich verstaute die Einkäufe und legte alles bereit, was ich für die Suppe brauchen würde, und ging nach oben, um eine Stunde zu schlafen.

~

Es waren mehr als zwei Stunden, die Sonne ein roter Ball im Westen, und die Vögel lärmten durcheinander, als ginge es darum, unbedingt für diesen Abend noch was mit einer Angebeteten klarzumachen, als ich mit einem Espresso in der Hand nach draußen ging, um den Tag zu verabschieden.

Könnte ich so leben? Nichts arbeiten? Einfach schlafen, essen, plaudern und spazieren fahren? Jetzt gerade kam es mir großartig vor, und ich wünschte, mein Geld würde dafür reichen, aber ich wusste, dass es nicht stimmte. In diesem Moment, nachdem ich wochenlang wie eine Maschine gearbeitet hatte, war das die

Belohnung. Nichts müssen, nicht mal etwas wollen, einfach die Zeit an mir vorbeistreichen lassen wie den Duft dieses Gartens und das seltene Rumoren des Verkehrs. Nach zwei oder drei Wochen würde sich das wieder ändern. Nichts zu müssen würde sich dann anfühlen wie nichts zu dürfen. Und nichts zu wollen wie Stumpfsinn.

Mein Beruf war nur ein Handwerk. Ich fühlte mich nicht als Künstler, der sich nennenswerten Eigensinn leistet. Dafür redeten bei den Drehbüchern viel zu viele Leute mit, Redakteure, Regisseure, Schauspieler, und bei den Büchern das Lektorat. Es gab Genrepflichten, die ich erfüllen musste, turbulenter Anfang, knappe Exposition, zwei Fehlspuren mindestens und einen befriedigenden Schluss – da war nicht besonders viel Freiheit, und niemand in dieser Sparte versuchte, das Rad neu zu erfinden, es musste sich nur drehen.

Manchmal träumte ich davon, richtige Romane zu schreiben, Geschichten, in denen es ohne Gewalt, Gefahr und Hinterhalt um normale Menschen geht, die sich selbst vielleicht nicht wirklich kennen, sich aber treu bleiben wollen, die nichts Böses vorhaben oder erleiden, Menschen, die ihren Aufgaben und ihren Lieben gerecht werden wollen, sich Gedanken machen und weder Heilige noch Abschaum sind.

Ein bisschen davon versuchte ich einzuschmuggeln in meine Krimis, aber es war nur Beiwerk, nie Hauptsache.

~

Als die Suppe vor sich hin köchelte, sah ich, dass Muskatnuss im Haus war, und wenn ich mein neu gekauftes Gläschen dazustellen würde, gäbe es keinen Mangel daran für die nächsten zehn Jahre. Ich stellte es trotzdem dazu. Vielleicht konnte die Putzfrau es ja brauchen oder Livia Giannecchini, wenn sie Inventur machte. Ich war mir allerdings sicher, dass nichts da gewesen wäre, hätte ich es nicht gekauft. Manche Dinge gibt es nur doppelt oder gar nicht. Feuerzeuge, Kugelschreiber, Kopfschmerztabletten oder Parkscheiben zum Beispiel.

Bevor ich mich zum Essen setzte, schwamm ich noch ein paar Längen, und hinterher sah ich auf dem iPad die E-Mails durch, dann Facebook, dann die eine oder andere Zeitung, trank um halb elf noch einen Espresso, weil ich nicht müde werden wollte, und ich sparte mit dem Wein, trank nur ein Glas, um nicht vor der Zeit genug zu haben.

Endlich, nach elf, hörte ich das ersehnte Plätschern von unten und holte aus der Küche Teller und Besteck für den Besuch, eine Serviette, ein Glas, ein Körbchen mit Brot und die Flasche Brunello, die ich zwar brav geöffnet, aber bisher noch nicht angerührt hatte. Drei Kerzen und die vier Antischnaken-Spiralen hatte ich schon vorher angezündet.

Die Nacht war dunkler als die letzte, der Himmel hatte sich bezogen. Heiß war es noch immer, aber am leichten Rascheln der Blätter merkte ich, dass Wind aufkam.

Ich schaltete die Hitze unter dem Suppentopf an, ging wieder nach draußen und sah sie da stehen. Vermutlich lächelte sie über meine gastronomische Inszenierung, sehen konnte ich das nicht, weil ihr Gesicht außerhalb des Lichtscheins der Kerzen war, aber ihre Stimme klang so, als sie sagte: »Na, das ist ja mal ein Empfang. Ich werde verwöhnt.«

»Bitte sehr«, sagte ich und deutete auf den Stuhl, »Essen ist gleich warm.«

Sie setzte sich, und jetzt sah ich, dass sie lächelte, ich sah ihr Gesicht deutlicher, hohe Wangenknochen, schmaler, aber weicher Mund, tiefliegende, ausdrucksvolle Augen, deren Farbe ich aber nicht erraten konnte.

»Darf ich?«, sagte sie und nahm die Weinflasche zur Hand, »auf den habe ich mich gefreut.«

Sie schenkte ein, reichte mir mein Glas und hob ihres: »Wir feiern.«

»Was?«

»Ich bin fertig geworden. Morgen kontrolliere ich noch mal alle Fußnoten, und dann war es das. Endlich.«

»Gratuliere«, sagte ich, und wir stießen an und tranken jeder einen kleinen Schluck.

»Ja«, sagte sie zufrieden und stellte das Glas ab.

Der Wein war ausgezeichnet. Ich nickte nur.

Sie nahm ein Stück Brot und fragte mich, ob ich schon davon probiert hätte, ich schüttelte den Kopf, und sie sagte: »Das ist das beste hier in der ganzen Gegend. Ich fahre dafür extra nach Casoli.«

Ich holte die Suppe und einen Schöpflöffel aus der Küche, fragte, ob sie Hunger habe, sie nickte, und ich füllte ihren Teller. Den Topf brachte ich zurück und verschloss ihn mit dem Deckel, damit eine eventuelle zweite Portion nicht allzu sehr abkühlen würde.

Den ersten Löffel nahm sie vorsichtig zu sich, also

kannte sie sich aus und wusste, dass Kartoffelsuppe immer heißer ist als normales Essen. Sie machte ein anerkennendes Geräusch, blies ein bisschen länger auf den zweiten Löffel und aß dann mit offensichtlichem Genuss.

»Sehr gut«, sagte sie, »Kochbücher könnten Sie auch schreiben.«

Ich musste erstaunt dreingeschaut haben, denn damit, dass sie mich als Autor kennen könnte, hatte ich nicht gerechnet. Unsereins mag Leser haben, vielleicht sogar Fans, aber berühmt sind wir nicht. Wir werden nicht auf der Straße angesprochen oder mit Briefen oder E-Mails bombardiert. Wir sind allenfalls hidden Champions in der Branche.

Sie lächelte breit und sagte: »Ich habe Sie natürlich gegoogelt. Das mache ich bei allen Gästen so.«

Sie nahm ein Stückchen Brot und streckte es mir entgegen. »Probieren Sie.«

Ich aß und nickte anerkennend. Für italienische Verhältnisse war dieses Brot tatsächlich großartig. Es schmeckte nach Brot und nicht nach Tempotaschentuch, es hatte eine Rinde, die den Namen verdiente und sich nicht sofort in Krümel auflöste, und das Innere fühlte sich beim Kauen nicht wie fader Kuchen an.

»Toll«, sagte ich, »das würde in meinem Kochbuch vorkommen.«

»Bekochen Sie eine Familie? Oder eine Frau? Oder einen Mann?«

»Nicht mehr«, sagte ich, »das heißt, manchmal esse ich gemeinsam mit einer Nachbarin und ihrem Sohn. Dass ich regelmäßig für meine Freundin gekocht habe,

zu müssen. Was mich wiederum in meinem Entschluss bestärkt.«

»Vielleicht ist hier im katholischen Italien die Tradition noch stärker und glaubt er deshalb, Ihren Willen ignorieren zu dürfen. Weil er sich von der Gesellschaft unterstützt sieht.«

»Das war mal so. Vielleicht vor zwanzig Jahren noch«, sagte sie, »aber jetzt ist das vorbei. Die Scheidungsraten in Italien dürften so hoch sein wie überall in Europa. Außer vielleicht in Polen oder Irland, wo die Kirche tatsächlich noch was zu sagen hat.«

Sie drückte ihre Zigarette aus und trank einen Schluck Wein. »Nein. Es ist sein Wesen. Sein Charakter. Er ist ein Narzisst, spielt immer die Hauptrolle und kann sich nur Bewunderung und Ergebenheit vorstellen. Und wenn jemand es daran fehlen lässt, rastet er entweder aus oder er ignoriert denjenigen.«

»Ich bewundere Ihr Deutsch.«

»Und ich Ihre Kartoffelsuppe.«

Mir fielen die Süßigkeiten ein, die ich gekauft hatte, und ich stand auf und sagte: »Es gibt noch Nachtisch«, ging hinein und brachte den vorher schon angerichteten Teller nach draußen.

»Sie schätzen mich richtig ein«, sagte sie lächelnd und griff zu, »so was kann ich nicht widerstehen.«

~

Es war nach Mitternacht, und ihr Haar war längst trocken, als sie sagte: »Ich dachte eigentlich, dass ich jetzt, wo ich endlich mit der Schreiberei fertig bin, müde sein müsste, aber ich bin immer noch aufgedreht. Ich könnte jetzt das ganze Haus putzen. Oder die Steuererklärung machen.«

»Sie könnten auch weiterhin gemütlich mit mir hier sitzen und plaudern«, sagte ich, »ich genieße das.«

»Sind Sie denn nicht langsam müde?«

»Nein. Kein bisschen.«

»Haben Sie Ihrer Mutter übel genommen, dass Ihre Freundin gegangen ist?«

»Nein, wieso?«

»Na, weil sie Sie gebraucht hat und Sie dafür Ihre Freundin vernachlässigen mussten.«

»Ich glaube, es gab überhaupt nichts, was ich meiner Mutter je hätte übel nehmen können. Sie war immer auf meiner Seite, hat mich immer ermutigt, das zu tun, was mir wichtig erschien, wenn sie mich kritisiert hat, dann immer solidarisch und konstruktiv, und sie hat mir nie das Gefühl gegeben, ich sei ihr lästig oder gehe ihr auf die Nerven. Auch als Kind nicht.«

»Und Ihr Vater?«

»Den kannte ich nicht. Obwohl er mit uns lebte.«

»Vielleicht waren Sie ein Muttersöhnchen. Vergöttert und verwöhnt und vor allem, was wehtun könnte, beschützt.«

»Ja. Das war ich wohl.«

»Ich war ein Vatertöchterchen. Bis mich meine Stiefmutter nach Deutschland verschleppt hat.«

»Böse Stiefmutter? Wie im Märchen?«

»Ja. Genau so. Dass mein Vater sich damals von ihr hat einfangen lassen, war vielleicht das Einzige, was ich ihm übel genommen habe. Sehr sogar. Er war so verblendet und vernarrt, obwohl er hätte sehen können, dass sie ein falsches Luder war. Er wollte in sie verliebt sein, weil er unbedingt eine Mutter für mich suchte. So gesehen ist es sogar meine Schuld, dass er auf diese Megäre hereingefallen ist.«

»Schuld kann man das nicht nennen.«

»Ja, das stimmt. Aber ich war die Ursache.«

Sie streckte die Hand nach der Zigarettenschachtel aus und sah mich fragend an. Ich schob sie näher zu ihr und das Feuerzeug hinterher. »Jetzt bin ich schon bis Ende nächstes Jahr voraus«, sagte sie und zündete die Zigarette an. Dann sprach sie weiter: »Zuerst hat sie meinen Vater, der ein rücksichtsvoller, kluger und herzlicher Mann war, fertiggemacht. Mit Sticheleien, die sein Selbstbewusstsein untergruben, mit Spott vor seinen Kollegen, üblem Gerede vor den Nachbarn, Intrigen, in die sie mich hineinzog, ohne dass ich es bemerken konnte, schließlich hat sie ihn ausgenommen und mit einer lukrativen Scheidung aufs Kreuz gelegt. Und weil er für ein paar Jahre ins Ausland versetzt worden war, hat sie es sogar geschafft, das Sorgerecht für mich zu erstreiten. Damit hatte sie ihren Lebensstandard gesichert.«

»War Ihr Vater wohlhabend?«

»Ja. Der Hof, den er geerbt hatte, lag auf sehr begehrtem Bauland.«

»Konnten Sie ihn denn manchmal besuchen?«

»Ja. Wenn er Urlaub hatte, haben wir uns hier getroffen. In diesem Haus. Er hat es extra dafür gekauft und renovieren lassen. Als Fluchtort für uns beide.«

Die dichte Wolkendecke war an einigen Stellen aufgerissen und ließ das Mondlicht hindurch. Livia Giannecchini hatte sich einen Stuhl so gedreht, dass sie ihre Füße drauflegen konnte, und saß jetzt parallel zum

Tisch. Ihren Bademantel hatte sie sorgsam übereinandergefaltet, sodass er beide Beine bis zu den Knien bedeckte.

Sie hatte den Blick zum Tal gewandt, und ich konnte ihr Profil betrachten. Ihre Nasenspitze ragte ein bisschen hervor. Das würde sie selbst sicher als Schönheitsfehler bezeichnen. Ich fand es hinreißend.

»Kannten Sie Ihre leibliche Mutter? Ich meine, erinnern Sie sich an sie?«

»Ich glaube, echte Erinnerungen habe ich keine, ich war drei Jahre alt, als sie starb, und dann habe ich ihr Bild vermutlich mit dem einer anderen Frau gemischt, die mein Vater sehr liebte, aber leider nicht gewinnen konnte. Ich habe diese Frau auch sehr geliebt, aber meine Erinnerung an sie wäre vollkommen neblig, wenn ich sie nicht später wiedergetroffen hätte. Von meiner Mutter gab es damals Fotos, die aber verschwanden, als die Megäre bei uns eingezogen war. Später hat mir mein Vater ein Album geschenkt, das er vor der Hexe versteckt hatte. Sie hätte es verbrannt, wie die Fotos.«

»Sie hat die Fotos verbrannt?«

»Hat sie. Mein Vater war fassungslos, als er es entdeckte, aber da war es schon zu spät. Vermutlich ist ihm da ein Licht aufgegangen.«

»Wie alt waren Sie damals?«

»Acht.«

»Grauenhaft.«

Sie wandte mir den Blick zu, und ich sah, dass sie lächelte. »Das ist die kostengünstigste Psychoanalyse aller Zeiten. Ich müsste Ihnen wenigstens die Miete zurückerstatten.«

»Nichts da. Ich höre doch nur zu.«
»Der Psycho auch.«
»Wollen wir uns vielleicht noch der zweiten Flasche annehmen?«, fragte ich, als ich nachschenken wollte und nur noch drei Tropfen aus der Flasche rannen.
»Ja. Ich bin nicht müde.«

~

Ich hatte den Suppenteller und die leere Flasche in die Küche getragen, das Körbchen mit Brot draußen stehen lassen und einen kleinen Teller mit Antipasti und zwei Gabeln gerichtet, den ich zusammen mit der geöffneten Weinflasche nach draußen trug.

Der Himmel war inzwischen wieder klar bis auf wenige Wolkenstreifen, und der Mond stand mächtig und bereits ins Rötliche wechselnd im Westen.

»Vollmond«, sagte sie, »kein Wunder, dass wir nicht schlafen wollen.«

»Gibt es denn überhaupt nichts Gutes über Ihre Stiefmutter zu sagen?«, fragte ich, als ich mich setzte und ihr das Glas reichte.

»Von mir nicht«, sagte sie, ohne mich anzusehen, »wenn Sie irgendwelche Männer fragen könnten, dann bekämen Sie vielleicht Schwärmereien zu hören, aber auch nur, solange sie hinter ihnen her war. Sie war eine Männerjägerin, hat ihnen den Kopf verdreht und sie dann nach Gebrauch weggeschmissen. In Hannover gab es alle paar Monate einen neuen.«

Ich schwieg. Ich wusste, sie würde weiterreden, weil sie so versunken in sich selbst und ihre Erinnerung dasaß, dass nichts anderes infrage kam. Es störte mich nicht. Ich hörte gern zu. Ich versuchte mir das kleine Mädchen vorzustellen, das sie einmal gewesen war und dem man die Bilder seiner Mutter weggenommen hatte.

»Ich war als Kind unscheinbar und in der Pubertät picklig und pummelig, aber danach wurde ich hübsch, und das hat meine Stiefmutter so krank gemacht, dass sie immer öfter, auch vor anderen, ihre Hassfratze zeigte. Ich musste gar nichts weiter tun, musste den Männern, die sie angeschleppt hatte, nicht extra schöne Augen machen, es genügte, dass ich ins Zimmer kam und ein Buch aus dem Regal holte oder ein Glas aus der Kommode – ihre Augen folgten mir, und meine Stiefmutter wurde grün im Gesicht. Ich genoss das. Als sie dann irgendwann ihre Kerle nur noch woanders traf, ging ich, wann immer ich den Ort der Verabredung mitbekam, wie zufällig dort vorbei, und der Typ machte zuverlässig Stielaugen.«

»Gemein.«

»Ja. Man nützt die Waffen, die man hat. Etwa zwei Jahre lang konnte ich ihr das Leben so vermiesen, wie sie es mir und meinem Vater zuvor vermiest hatte.«

»Gemein.« Ich hörte selbst, dass meine Stimme anerkennend klang, obwohl ich die sogenannten Waffen einer Frau nicht für akzeptabel halte – das hinterhältige, zerstörerische, auf die Person und ihr Selbstwertgefühl zielende Benutzen von Psychologie und Einfühlung ist mir zuwider. Aber als Krimiautor bin ich froh bei jedem Beispiel, das mir unterkommt. Für mich sind das Nachrichten aus der wirklichen Welt, die ich für meine Geschichten brauche, obwohl oder gerade weil mir solches Verhalten nicht gefällt.

»An meinem achtzehnten Geburtstag null Uhr zog ich aus und habe sie seitdem nicht mehr gesehen. Ich weiß von einer Schulfreundin, dass sie sich kurz danach einen wohlhabenden, sehr viel älteren Mann als Versorger geangelt hat, und mehr weiß ich nicht. Aber falls sie noch lebt, wünsche ich ihr noch immer die Krätze an den Hals.«

Es wurde heller hinter dem Bergrücken, und die ersten Vögel machten sich bemerkbar. Sie saß entspannt und in ihre Erinnerungen verwoben da, und ich genoss die Vertrautheit, die zwischen uns entstanden war, fragte mich nicht, wieso diese fremde Frau sich mir derart öffnete, mich so nah an sich und ihr Innerstes heranließ, als wären wir Freunde seit Jahren und sicher, dass der andere ein solches Geständnis nie missbrauchen wird.

»Das ist ein Trauma«, sagte ich irgendwann, als mir das Schweigen zu lang wurde und der Nachhall ihrer Worte immer bitterer klang, »ich hoffe, das Leben seither hat Sie dafür entschädigt.«

»Das hat es. Mir geht es gut. Sogar sehr gut. Ich bin kein Opfer. Alles, was danach in meinem Leben schiefgelaufen sein mag, ist meine eigene Schuld, nicht die der Hexe.«

»Als Psychotherapeut würde ich jetzt fragen, was das ist, das schiefgelaufen sein mag, und ob Sie mir davon erzählen wollen.«

»Als Mensch nicht?«

»Als Mensch erst recht. Aber ich will Sie nicht drängen.«

»Es ist seltsam, wir kennen uns nicht, reden erst zum zweiten Mal miteinander, und ich erzähle Ihnen von mir, als wären Sie ein Freund seit Jahren. Vielleicht liegt es am Vollmond. Der soll doch die Menschen verrückt machen.«

»Es ist nicht verrückt, mir was zu erzählen«, sagte ich, und ich sah, dass sie lächelte. Ich sah ihr Gesicht jetzt ganz, weil es inzwischen dafür hell genug war. Ihre Augen waren grüngrau, und ihre Mundwinkel lagen in kleinen schattigen Grübchen. Meine Uhr hatte ich nicht am Arm, und das Handy lag in der Küche, aber ich schätzte die Zeit auf etwa halb vier.

»Hat Ihre Mutter Sie nie enttäuscht?« Sie sah mich nicht an, als sie das fragte, ihr Blick folgte einem kleinen Vogel, der aus einem der Bäume aufflog und davonschwirrte. »Ich frage das, weil das vorher so ideal klang, was Sie über sie erzählt haben. Dass es nichts gibt, was Sie ihr übel nehmen würden. Das klang für mich, ehrlich gesagt, ein bisschen so, als wollten Sie das Thema schnell loswerden und lieber nicht vertiefen.«

»Und Sie würden es jetzt gern vertiefen?«

»Nicht, wenn es für Sie lästig ist. Es interessiert mich aber wirklich. Vielleicht als verlorene Utopie, als Gegenbild zu dem, was ich mit der Megäre erlebt habe.«

»Ich glaube, menschlich hat sie mich tatsächlich nie enttäuscht. Mir fällt außer Verboten, die ich als Kind nicht einsah, und ihrem stoischen Festhalten an meinem Vater, der sie wie Luft behandelte, nichts ein.« Ich suchte in meiner Erinnerung, wollte etwas Entsprechendes finden, weil es mir auf einmal selbst unwirklich und fast wie gelogen vorkam, dass unser Verhältnis ohne jede Trübung gewesen sein sollte, und weil Frau

Giannecchini schwieg und geduldig wartete, tauchte irgendwann mein Befremden darüber auf, wie distanziert meine Mutter gegenüber Bettina gewesen war.

»Sie hat meine Freundin ignoriert«, sagte ich schließlich. »Sie war freundlich und höflich, sagte nie etwas Abfälliges oder Kritisches über sie, aber sie schien sie nie richtig aufzunehmen. Meine Freundin wurde nie ihr Kind. Nur ich war ihr Kind.«

»Vielleicht waren Sie auch ihr Geliebter. Den sie nicht mit einer anderen Frau teilen wollte.«

»Nein. Das hätte ich gemerkt. Sie hatte nur zwei Männer, von denen ich weiß, dass sie sie geliebt hat. Meinen Vater, bevor er so leer wurde, und einen anderen Mann, den ich aber nie kennengelernt habe.«

»Ich habe das mit dem Geliebten nicht erotisch gemeint«, sagte sie mit einem Unterton in der Stimme, den ich nicht zuordnen konnte. Traurig? Verärgert? Verwirrt? »Man kann auch den Sohn mit keiner anderen Frau teilen wollen.«

»Vielleicht«, sagte ich, obwohl ich diesem seltsamen Unterton gern noch eine Weile nachgespürt hätte, aber ich wollte nicht, dass der Faden ausgerechnet jetzt abriss. »Ich hätte gemerkt, wenn sie eifersüchtig gewesen wäre. Jedenfalls glaube ich das. Eifersüchtige machen den Rivalen klein, lächerlich, sie setzen ihn herab. Das hat sie nie getan. Sie hat sich nur einfach nicht meiner Begeisterung und Verliebtheit angeschlossen.«

»Ich habe übrigens keinen Sohn, falls Sie das jetzt fragen wollten. Auch keine Tochter. Ich bin die typische Karrierefrau, die ihre Bewegungsfreiheit über die Biologie stellt.«

»Das wollte ich tatsächlich fragen«, sagte ich, denn es

wäre eine Erklärung für den seltsamen Unterton gewesen. Ein Sohn, der sich von ihr abgewandt hatte und mit einer Frau herumzog, die sie verabscheute.

»Ich lese Ihre Gedanken.«

Du liest aber nicht, dass ich weiß, wie du nackt aussiehst, dachte ich und wandte extra das Gesicht ab, damit sie mich nicht etwa lächeln sah.

»Doch«, sagte sie.

Ich sah sie fragend an. Das konnte nicht sein.

»War ins Blaue.« Sie lächelte. »Einfach so geraten.«

»Lesen Sie ruhig«, sagte ich, »im Moment habe ich keine Geheimnisse.«

Sie lächelte breiter.

»Wir waren bei den Enttäuschungen. Ich lese in Ihren Gedanken, dass da noch was kommt.«

~

Zuerst hatte ich das Gefühl, meine Mutter zu denunzieren, als ich begann, davon zu erzählen, wie ich entdeckte, dass sie nicht der klügste Mensch auf Erden war, der auf alles eine Antwort wusste und die Welt auch da verstand, wo sie mir ein Rätsel blieb.

Aber ich hatte das Gefühl, ich sei Frau Giannecchini ein Beispiel schuldig, das den Nimbus meiner idealen Mutter ankratzte, warum sonst hätte sie so eindringlich nach Enttäuschungen gefragt. Ich tat ihr den Gefallen und schilderte meine anfangs häufigen und später immer seltener werdenden Versuche, mit meiner Mutter über irgendetwas zu reden, das nicht direkt ihr Leben betraf oder vor ihren Augen lag. Das gelang nie.

Wann immer ich mit einem Gedanken, einer

These, einer Spekulation über irgendwelche Zusammenhänge, seien sie nun psychologischer, politischer oder religiöser Art, ankam, wechselte sie das Thema. Zwar redete sie fast ununterbrochen, vor allem wenn wir unterwegs waren, aber fast nur über das, was sie sah. Blumen, Kleider, Gärten, eine unvorteilhafte Frisur, eine hässliche Hausfassade oder einen niedlichen Hund, und wenn sie in ihrem Inneren auf etwas stieß, dann waren das Geschichten aus ihrer Kindheit, der Studentenzeit, Erlebnisse auf ihren einsamen Reisen oder der Inhalt von Fernsehserien, die sie gerne sah.

Fragen wie zum Beispiel, warum die katholische Kirche für das Bevölkerungswachstum in Afrika verantwortlich sein sollte, wenn es dort nur etwa fünfzehn Prozent Katholiken gibt, waren für meine Mutter einfach nicht interessant genug, um irgendeinen Gedanken daran zu verschwenden.

Irgendwann, nachdem ich längst gelernt hatte, meine Mutter für dumm zu halten, begriff ich, dass Gedanken bei ihr nichts mit Logik oder Wissbegier zu tun hatten, sondern mit Bildern. Sie sah Dinge, ob vor ihren Augen oder in ihrer Erinnerung, und diese Bilder lobte oder kritisierte sie. Sie sah Ereignisse, und die weckten ihr Mitgefühl oder ihre Ablehnung, und sie sah Menschen, die sie mochte oder eben nicht.

Ich lernte, ihr das nicht übel zu nehmen, weil es eben ihr Wesen war, aber ich lernte es um den Preis, dass ich sie nicht mehr wirklich ernst nahm. Und dass ich nicht mehr zuhörte. Wenn ich nicht mitdenken darf, dann schalte ich ab, das lernte ich nebenbei über mich selbst, und nach und nach auch, dass ernst nehmen keine Voraussetzung für Liebe ist. Ich konnte sie lieben, ohne mit ihr über die Eigenarten von Fremdsprachen, Musik oder Digitalisierung zu räsonieren.

»Ist noch etwas von der Suppe übrig?«, fragte sie, als ich geendet hatte, »das könnten wir frühstücken und dann endlich schlafen gehen, was meinen Sie?«

»Gute Idee«, sagte ich und ging in die Küche, um den Herd anzustellen, zwei frische Teller und Löffel zu holen und nebenbei das Licht auszuschalten, denn inzwischen war es hell.

Und es war auch ein bisschen kühler geworden, das spürte ich selbst erst, als ich sah, wie Frau Giannecchini ihren Bademantel fester um sich zog. Umso willkommener war die warme Suppe, die wir wenige Minuten später aßen.

»Wann haben Sie das letzte Mal eine Nacht durchgemacht?«, fragte sie, und ich dachte an Bettina und fühlte mich lebendig und empfindsam wie schon seit Jahren nicht mehr. Und ich fühlte den Tau auf meinen nackten Armen.

»Das weiß ich nicht mehr«, sagte ich, »das war in einer anderen Welt in einem anderen Leben.«

»In dieser Welt hier gehen wir jetzt schlafen. Ich bin tatsächlich müde. Danke für die schöne Nacht.«

Sie stand auf, wollte ihren Teller nach drinnen tragen, aber ich verbot es ihr mit Gesten, und sie ging den Weg nach unten und verschwand im grünsilbernen Blättergewirr. Ich hörte das Plätschern im Pool, also schwamm sie noch, und ich unterdrückte den Impuls, hinterherzuschleichen, um sie noch einmal zu beobachten. Unser Gespräch war kein Geplänkel gewesen, das hatte nichts mit Sex zu tun, es war nicht angemessen, jetzt noch einmal meinen pubertären Voyeurs-

7

Livia und Bettina standen links und rechts von einer Tür, durch die ich ins Freie auf eine belebte Straße trat. Sie waren beide nackt und heroinenhaft schön wie auf einem Foto von Helmut Newton. Mit professioneller, unpersönlicher Freundlichkeit sahen sie an mir vorbei, als wären sie Hostessen auf einem Kongress, die den Gästen zum Abschied noch irgendein Werbegeschenk überreichen sollten. Aber ihre Hände waren leer. Ich trat auf die Straße und begriff, dass ich ebenfalls nackt war, und wachte sofort vom Erschrecken über diese Peinlichkeit auf.

Noch bevor ich ganz in der Wirklichkeit des kleinen Schlafzimmers angekommen war, schüttelte ich den Kopf über die platte Inszenierung meines Traums. Vielleicht hatte Livias Erwähnung einer Psychoanalyse meinem Gehirn nahegelegt, jetzt mal mit einem richtig amtlichen freudianischen Theater aufzuwarten, das man analysieren und dann vergessen konnte.

Daran hatte ich kein Interesse, denn ich fühlte mich unter Niveau angesprochen, also schob ich das höhnische Bild in meinem Kopf zur Seite und ging nach unten, um einen Kaffee zu trinken, ein Stückchen Brot mit einem Rest labbriger gegrillter Paprika zu essen, und dann ins Bad, um mich zu rasieren, zu duschen und die Zähne zu putzen. Ich nahm Unterhose, Socken und ein Polohemd aus dem Koffer, zog meine Armbanduhr an und sah, dass es Viertel vor zwei war.

Ich packte den Müll in eine schwarze Tüte und die leeren Wein- und Wasserflaschen in eine zweite, warf beides weiter unten in der Straße in die entsprechenden Container, ignorierte meinen knurrenden Magen und das schwammige Gefühl in meinem Kopf und fuhr nach Florenz.

Ich wusste, wo ich sehr guten Cappuccino und ebenso gute Tramezzini bekommen würde, nämlich direkt an der Piazza della Signoria, obwohl das aller Erfahrung widerspricht. An derart von Touristen überlaufenen Orten kann eigentlich nur Schund angeboten werden, aber in Florenz ist das nicht so. Dafür lohnte es sich, das Frühstück noch aufzuschieben. Die Bar *Perseo* in der Via dei Calzaiuoli wäre allein schon die Reise wert.

~

Von der Porta Romana, wo ich ohne Probleme einen Parkplatz fand, bis zur Piazza waren es noch zwanzig Minuten zu Fuß, und das Knurren meines Magens war inzwischen eher ein Brüllen. Mir war schlecht vor

Hunger, und ich wusste, eine weitere Zigarette würde das nicht lindern, sondern verschlimmern, also setzte ich mich in die nächstbeste Bar und bestellte einen Cappuccino und eine Brioche.

Danach ließ ich den Ponte Santa Trinita links liegen und ging die schmale Straße parallel zum Arno-Ufer bis zum Ponte Vecchio, wo ich in einem Schaufenster Schreibgeräte sah und einen roten Kugelschreiber für Martina kaufte. Und einen schwarz-weißen für mich selbst. Den Impuls, auch einen für Frau Giannecchini zu nehmen, unterdrückte ich. Dass sie nachts mit mir plauderte, hieß nicht, dass ich ihr Geschenke überreichen durfte. Es hieß gar nichts, außer dass sie nicht schlafen konnte und meine Nachbarin war.

Ich beeilte mich, an den vielen Touristen mit Selfiesticks und eingefrorenem Lächeln, den Polizisten, die auf Taschendiebe achteten, und den Schaufenstern mit kilo-, vielleicht sogar zentnerweise Gold vorbei über den Ponte Vecchio zu kommen, unterdrückte die leichte Anwandlung von Agoraphobie, die mich immer in dichteren Ansammlungen von Menschen anfällt, und ging weiter geradeaus, am Mercato del Porcellino vorbei in Richtung Dom.

Ich war schon so oft hier gewesen, dass ich mich fast heimisch fühlte. Eine Woche mit meiner Mutter, vier Tage mit Bettina und etliche Male allein, um für meinen Ex-Polizisten zu recherchieren.

Ich hatte kein Ziel und ließ mich einfach treiben. Hierhin, dorthin, von Schaufenster zu Kirchenportal und von Markt zu Palast. Gruppen von Chinesen und Japanern pulsierten zusammen mit einzelnen Amerikanern und Europäern durch die Straßen und über die

Plätze, und ich pulsierte mit ihnen, ohne mehr zu wollen, als einfach nur hier zu sein.

Ich bin nicht reich genug, um hier zu wohnen, ich bin überhaupt nicht reich, und ich muss als Autor in meiner Sprache leben, aber diese Stadt war immer der Traum für mich gewesen, aus dem ich, mangels Geld, immer wieder aufwachen musste.

~

Meine Mutter hatte hier ihren Offizier getroffen. Ob er noch lebte? Irgendwo in Amerika? Ob er noch an sie dachte, so wie sie zeitlebens an ihn? Ob ich versuchen sollte, ihn ausfindig zu machen? Wie viele Curt Bruckheimers konnte es in den USA geben? Aber was hätte ich ihm sagen können, wenn ich ihn gefunden hätte? Nichts. Dass meine Mutter von ihm erzählt hatte. Dass sie zu ihm gekommen wäre, wenn nicht ich, ihr Sohn, sie daran gehindert hätte. Na und? Das war vor fünfunddreißig Jahren. Schnee von gestern. Wenn er älter als meine Mutter war, dann konnte er in den Achtzigern sein und sich längst mit seinen Urenkeln gegen die Enkel verbündet haben. Ein Sommerflirt in Old Europe wäre das Letzte, wofür er sich interessierte.

Wenn ich damals nicht nein gesagt hätte, dann würde ich jetzt vielleicht hier wohnen, dachte ich. Konnte ja sein, dass er noch länger in Italien stationiert gewesen und ich in Livorno zur Schule gegangen wäre, hier in Florenz studiert, vielleicht eine akademische Laufbahn eingeschlagen und die Erbin einer Villa am Hang geheiratet hätte. Dann würde ich jetzt eiligen Schrittes zu irgendeinem Ziel hasten und nicht so müßig um die Ecken schlendern.

Wer solche verstiegenen Träume hat, ist ein glücklicher Mensch, dachte ich, wenn nur noch die Villa in Florenz fehlt, ist nicht viel schiefgelaufen. Das stimmte. All die Gemeinheiten und Schicksalsschläge, die ich mir für meine Bücher und Drehbücher ausdachte, passierten nicht mir. Als Kind war ich geliebt worden, als Erwachsener hatte ich gelernt zu lieben, jedenfalls glaubte ich, dass das, was ich für Bettina und, am Ende ihres Lebens, auch für meine Mutter empfunden hatte, Liebe gewesen sein musste, ich hatte einen Beruf gefunden, der mir gefiel und meinem Freiheitsdrang Rechnung trug, ich stand finanziell gut da, die Wohnung würde in wenigen Jahren ganz mir gehören, und wenn ich dann noch eine Zeit lang Glück hatte, konnte ich dank der Lebensversicherung, in die ich seit Langem einzahlte, ohne Geldsorgen leben. Zwar nicht in Florenz, nur in Nürnberg, aber dort ging es mir gut, ich war kein Fremder, hatte ein paar Freunde und Nachbarn, die ich mochte, und für ein, zwei Wochen in einer Ferienwohnung würde es immer mal wieder reichen.

Das muss das Alter sein, dachte ich, wenn dir auf einmal klar wird, dass das Beste, was dir passieren kann, die Aussicht ist, dass alles so bleibt, wie es ist, dass dich keine Krankheit niederwirft, niemand an dir ein Verbrechen verübt, Siechtum und Tod dich möglichst lange nicht erwischen – wird Zeit, zu begreifen, dass du glücklich bist.

War meine Mutter glücklich gewesen? Vielleicht. Ich wusste es nicht, weil ich erst jetzt darüber nachdachte. Die Abwesenheit von Glück merkt jeder, die Anwesenheit nicht unbedingt. Sie war ausgeglichen, wohl auch zufrieden und mit ihrem Leben im Großen und Ganzen einverstanden gewesen, aber ihre Ehe und mit ihr die Familie war gescheitert und die Liebe, der sie sich überlassen hätte, nicht zustande gekommen. Hatte sie das überwunden? Oder den Mangel immer gespürt und einfach stoisch integriert?

~

Die verschobene Nachtruhe machte sich wieder bemerkbar, es war Zeit für den nächsten Cappuccino, und ich steuerte die Piazza della Signoria an.

Die italienische Tradition, den Kaffee, wenn er im Stehen an der Theke getrunken wird, billig anzubieten, erstaunte mich immer wieder. An einem solchen Ort nur einen Euro achtzig für einen Cappuccino bezahlen zu müssen war absurd. Es hatte Stil, fand ich, es war ein Zeichen des Respekts gegenüber den Einwohnern, die es duldeten, dass ihre Stadt von Gästen aus der ganzen Welt überlaufen wurde. In London oder New York käme eine solche stillschweigende Übereinkunft der Gastronomen bestimmt nicht zustande.

Ich ging am Palazzo Vecchio rechts vorbei zum Bargello, weil ich mir vorgenommen hatte, den David von Donatello wiederzusehen. Meine sonst immer eilige Mutter war vor dieser Figur stehen geblieben. Lange. Vielleicht eine Viertelstunde. Ich konnte ihre Faszination nicht so richtig teilen, fand den Knaben zwar sehr schön, aber ich bin nicht schwul, weshalb ich männliche Schönheit nicht persönlich nehmen kann, und mich befremdete die Gleichzeitigkeit von Grausamkeit und Liebreiz.

Ich schaute mir währenddessen die Reliefs von Della Robbia am anderen Ende des großen Saals an, die zwar süß und vielleicht sogar kitschig, aber so beseelt sind, dass ich sie am liebsten berührt hätte.

Als wir das Museum verließen, schenkte ich meiner Mutter eine sehr gut gemachte kleine Replik aus einem Laden schräg gegenüber dem Ausgang. Damals hatte ich gerade meinen ersten Drehbuchvertrag unterschrieben und fühlte mich reich, weil ich vierzigtausend Mark bekommen würde.

Meine Mutter freute sich wirklich darüber, sie hörte gar nicht mehr auf, von der Figur zu schwärmen, und stellte sie später auf ihren kleinen Schreibtisch, an dem sie Briefe und Postkarten schrieb.

Vor der Kasse des Museums drängte sich eine Reisegruppe aus Spanien oder Südamerika mit mindestens vierzig Personen, und ich verschob meinen Besuch aufs nächste Mal.

~

Der glänzend schwarze David in seiner entspannt-lasziven Siegerpose steht jetzt auf meinem Schreibtisch. Ihn und die Bücher habe ich als Einziges aus der Wohnung meiner Mutter mitgenommen. Einen alten Schrank aus Nussbaum hatte Carola für sich gewollt, und alles andere, Geschirr, Besteck, Kleider, Wäsche und Möbel, hatte sich mit dem Tod meiner Mutter in Ramsch oder Müll verwandelt.

Vorher waren all diese Dinge Ausdruck ihres Wesens, geliebte oder zumindest notwendige Gegenstände gewesen, und jetzt waren sie entseelt. Die Kleider und Tischdecken, die wir zum Roten Kreuz brachten, waren ein Haufen Stoff, das Geschirr, das der Entrümpler mitgenommen hatte, würde auf irgendeinem Flohmarkt landen, die Möbel und Teppiche in irgendeiner Halle verstauben, bis jemand sie für sehr wenig Geld erstehen oder der Trödler sie in einen Container werfen würde.

Ich kam mir vor wie ein Verbrecher, als ich all diese Dinge mit Carolas Hilfe auseinanderriss, ich schämte mich, so mit dem Besitz meiner Mutter zu verfahren, aber ich wusste, es ging nicht anders, dieses Ausleeren der Hülle war notwendig, es war die zwingende Folge der Beerdigung. Die stofflichen Reste meiner Mutter waren in die Erde versenkt worden, die stofflichen Reste ihres Alltags verschwanden in alle Richtungen, um bestenfalls irgendwo weiterzuexistieren und irgendwem zu nutzen.

Als die Wohnung leer war bis auf die Einbauküche, die ich dem Vermieter geschenkt hatte, betrank ich mich so, dass ich am anderen Morgen nicht wusste, wie ich auf Carolas Wohnzimmersofa gelandet war.

~

Ich war noch zwei Stunden lang unterwegs, bremste die immer wieder einsetzende Müdigkeit mit Kaffee, aß Minestrone mit Brot an einem Tisch auf dem Gehsteig und ging irgendwann über den Ponte alle Grazie zurück zur Porta Romana.

das ich schließlich hörte, und ich ging hinunter zum Haus, schnitt Brot auf, brachte den Teller mit Schinken und Käse und den kleineren mit Artischockenherzen nach draußen, stellte den schon vorher geöffneten Wein dazu und zündete Kerzen und Spiralen an.

»Das ist ein schönes Ritual«, sagte sie, »ein nächtlicher Imbiss zur Unzeit.«

Sie zog eine Schachtel Zigaretten aus der Tasche ihres Bademantels und legte sie auf den Tisch. Meine Marke. »Die guten Vorsätze von früher sind das Scheitern von heute.« Dann setzte sie sich und fragte, wie mein Tag gewesen sei.

»Gut, ich war in Florenz und habe in Erinnerungen geschwelgt.«

»Geschwelgt heißt, es waren gute Erinnerungen.«

»Nicht nur. Auch bittere. Das Wort ist nicht ganz angemessen. Wir haben gestern so viel über meine Mutter geredet, dass sie mir heute nicht aus dem Kopf gegangen ist. Ich dachte daran, wie ich mit einer Freundin zusammen ihre Wohnung aufgelöst habe, und das war niederschmetternd.«

»Oh. Ich glaube, ich verstehe genau, was Sie meinen. Ich habe das nach dem Tod meines Vaters einfach ausgelassen. Das Haus behalten, seine Einrichtung behalten, und wenn ich hier bin und den Pool benutze, dann ist es fast so, als würde ich ihn besuchen.«

»Haben Sie Hunger?«

»Ja. Den habe ich mir extra aufgespart.«

»Und sind Sie fertig geworden mit den Fußnoten?«

»Nicht ganz. Den Tag morgen werde ich noch dranhängen. Das macht aber nichts, ich muss erst am Montag wieder zur Uni.«

»Was macht Ihr Mann beruflich?«, fragte ich nach einiger Zeit, in der wir nur gegessen und getrunken und einander zugelächelt hatten.

»Er ist Regisseur. Zurzeit inszeniert er in Turin.«

»Müsste er nicht eher Schauspieler sein, wenn er so ein Narzisst ist, wie Sie sagen?«

»Narzissten können alles sein. Wichtig ist nur, dass sie ganz oben ankommen. Und das hat er geschafft. Er ist sehr erfolgreich.«

»Finden Sie seine Arbeit gut? Gefällt Ihnen, wie er inszeniert?«

»Ja. Er ist ein Meister. Den Erfolg verdient er.«

»Findet er Ihre Arbeit auch gut?«

»Er weiß nichts davon. Ein Seminar ist kein Theaterstück, wieso sollte er sich da reinsetzen und zuhören. Und Wirtschaft ist für einen Künstler das Letzte, was ihn interessieren könnte.«

»Höre ich da ein bisschen Sarkasmus heraus?«

»Vielleicht«, sie lächelte, »aber nur ein bisschen. Er ist ja nicht der Einzige, der glaubt, über diesen Dingen zu stehen. Alle seine Kollegen sind so. Das ist vielleicht eine Vorbedingung für Künstler. Der Glaube, sie seien frei und könnten jenseits aller wirtschaftlichen Gesetzmäßigkeiten agieren.«

»Und das ärgert Sie?«

»Nein. Für mich ist das in Ordnung. Künstler dürfen partiell dumm sein. Ihre Kraft und ihre Größe liegen nicht in der Ratio. Sonst wären sie Wissenschaftler oder Lehrer oder Unternehmer.«

»Findet er Sie vielleicht auch partiell dumm?«

»Ganz sicher tut er das. Aber es stört ihn nicht. Ihm reichen mein Status und mein Aussehen. Und es reicht ihm, dass ich seine Arbeit bewundere. Ob ich sie kompetent oder inkompetent bewundere, ist ihm wohl eher egal. Ich mache bella figura an seiner Seite, das genügt.«

»Das klingt frustriert.«

»Bin ich ja auch.« Sie lächelte wieder, hob ihr Glas und prostete mir zu, »und ich bin selber schuld. Ich habe ihn mir ausgesucht. Er macht schließlich ebenfalls bella figura an meiner Seite.«

»Das war der Grund, dass Sie ihn ausgesucht haben?«

»Nein. Das ist sehr verkürzt. Und in Wirklichkeit habe ich mich von ihm aussuchen lassen. Vielleicht wissen Sie ja von Ihrer Mutter, wie es ist, wenn man als Frau gut aussieht und sich ständig unter Beobachtung weiß. Man ist auf eine seltsame Art einsam und labil, man zieht zwar die Männer an wie das Licht die Motten, aber es trauen sich nur die eitlen und übertrieben Selbstsicheren, einen anzusprechen. Die Männer mit mehr Klugheit oder Tiefe stehen oft lieber am Rand als im Mittelpunkt, sie machen einer Frau wie mir keine Avancen.«

Irgendetwas an diesem Monolog störte mich, aber ich wusste nicht, was. Dass sie sich selbst als schön bezeichnete? Nach meiner Erfahrung war das ungewöhnlich. Weder meine Mutter noch Bettina hatten sich selbst angemessen beurteilt, beide sich auf vermeintliche Makel konzentriert. Meine Mutter fand ihre Augen zu schmal, ihre Nase zu groß und Bettina ihre Schultern zu breit. Dass die Männer sie umschwärmten und die Frauen ihnen mit Misstrauen begegneten, wussten sie zwar, sie gingen täglich damit um, aber sie hielten das für eine Art Missverständnis. Der Blick in den Spiegel zeigte ihnen ganz offenbar etwas anderes, als die Außenwelt sah. Ich konnte nicht länger darüber nachdenken, denn sie sprach weiter:

»Man verbündet sich wohl instinktiv mit Menschen, die optisch zu einem passen, anstatt nach denen zu suchen, deren Wesen einem wohltut. Das scheint ein evolutionäres Programm zu sein. Die Großen tun sich zusammen, um große Kinder in die Welt zu setzen, die Kleinen ebenso, die Klugen, die Hübschen, die Dummen, und dann werden sie unglücklich, weil der Dienst an der Evolution kein Lebensinhalt ist.«

»Und was ist ein Lebensinhalt?«

Sie überlegte eine Zeit lang, griff nach der Zigarettenschachtel, fummelte sie auf und zog sich eine heraus. Ich holte mein Feuerzeug aus der Tasche und gab es ihr. Erst als die Zigarette brannte, gab sie mir Antwort.

»Vielleicht seine Talente zu entwickeln. Falls man welche hat.«

»Dann werden Sie Schriftstellerin. So, wie Sie mit Sprache umgehen, sogar mit einer Zweitsprache, haben Sie ein riesiges Talent.«

»Nur habe ich nichts zu sagen.«

»Ich doch auch nicht. Geschichten kann man auch erzählen, wenn man der Welt nichts groß mitzuteilen hat.«

»Das glaube ich nicht. Vermutlich wissen Sie einfach nicht, was Sie der Welt sagen. Sie halten es für selbstverständlich, und nur die Leser bekommen es mit.«

Wäre ja schön, wenn es stimmte, dachte ich, aber ich sagte nichts, weil alles, was mir einfiel, kokett gewesen wäre.

»Warum ist man einsam und labil?«, fragte ich stattdessen, »wenn man attraktiv für andere ist. Das Gegenteil müsste doch der Fall sein.«

»Gute Frage«, sagte sie nachdenklich, »es ist vielleicht ein Paradoxon. Man ist nie allein, und gerade das macht einsam. Jede Frau will begehrt sein, aber das ist nur ein Vollprogramm für ein paar Jahre nach der Pubertät. Danach wird es öde oder gar lästig, weil man spürt, dass man nicht wirklich gesehen wird, wie man ist, sondern als Projektionsfläche für andere dient. Man fühlt sich benutzt. Von den Jungs als Trophäe und von den Mädchen als Schlüssel zum Interesse der Jungs. Und die Jungs wissen dann nichts zum Reden, und die Mädchen verübeln dir das Interesse der Jungs.«

Sie trank. Ich schwieg.

»Ich verfranse mich«, sagte sie dann, »ich kann nicht ausdrücken, was ich meine. Vielleicht gilt das ja auch gar nicht allgemein, vielleicht ging es nur mir so. Ich habe mich jedenfalls irgendwann nur noch leer und wie ein Roboter gefühlt, wenn ich mit anderen zusammen war. Und erfüllt und lebendig, wenn ich allein war und mich mit irgendetwas Interessantem beschäftigte.«

»Ist das heute auch noch so?«

»Nein. Schon lange nicht mehr. Vielleicht hatte ich ja nur eine Depression und bin herausgewachsen. Meine Arbeit gefällt mir, ich fühle mich wohl mit meinen Studenten und Kollegen, mein Mann bringt interessante Menschen nach Hause, vielleicht musste ich nur lernen, meine Hülle zu bewohnen. Vielleicht auch, sie auszufüllen.«

»Sie müssen schreiben«, sagte ich, und ich wollte

noch erklären, dass ich fand, sie drücke sich sehr genau und anschaulich aus, aber sie stellte abrupt ihr Glas auf den Tisch, starrte in Richtung der Treppe, zog ihre Schultern hoch, und in diesem Moment begriff ich, dass ich Schritte hörte, und sah einen Mann heraufkommen. Er war gekleidet wie ich, dunkle Hose, dunkles Polohemd, die genauen Farben konnte ich im Mondlicht nicht ausmachen, sein Haar war dunkel, aber sein kurzer Bart grau. Er trug eine Hornbrille und konnte in meinem Alter sein.

»Cosa fai?«, sagte er zu Livia, und seine Stimme klang enttäuscht, als ertappe er sie bei etwas Verbotenem.

Und genau so musste es für ihn aussehen. Seine Frau im Bademantel, nach Mitternacht mit einem Fremden, ein improvisiertes Mahl, leises Geplauder – alles sprach dafür, dass wir uns vor Kurzem noch im Bett verausgabt hatten. Der Ton in seiner Stimme, sein abruptes Auftauchen und die Unterstellung in seiner Frage hatten die in Wirklichkeit harmlose Situation kontaminiert.

Ich stand auf, sagte: »buona sera«, er streifte mich nur mit einem flüchtigen Blick, um dann weiterhin auf Livia zu starren, die sitzen blieb und sich, der missverständlichen Situation genauso bewusst wie ich, erst aufraffen musste, das falsche Bild mit den richtigen Worten zurechtzurücken. Sie deutete auf mich, sagte: »é mio vicino, signore Dorn«, und dann auf ihn, wobei sie mich flüchtig ansah »mio marito Giancarlo«, und wieder an ihn gerichtet, »perche sei qui tu?«

Er machte mit der rechten Hand eine Bewegung, als schlage er ein Insekt seitlich von sich weg und bellte: »basta!«

Jetzt stand auch Livia auf, ganz offensichtlich, um ihm seine Unhöflichkeit vorzuwerfen, und sicher auch, um ihm zu erklären, dass er sich täuschte in dem, was er zu sehen glaubte, sie redete schnell und hitzig, ich verstand kein einziges Wort – vielleicht war es ein Dialekt –, sie trat einen Schritt auf ihn zu, sprach weiter, er trat ebenfalls einen Schritt auf sie zu, riss ihr mit einer schnellen Bewegung den Bademantel auf und entblößte ihre Brüste, den vor Zorn zitternden Bauch und die haarlose Scham.

Der Mantel hing offen an ihren Seiten, und sie schloss ihn nicht wieder in einer instinktiven Bewegung, sondern wandte sich mir zu und von ihm ab, als stünde mir dieser Anblick zu und ihm nicht.

Er zischte: »Putana« und hob seine Hand, sie wich zurück, und ich stieß einen Stuhl um und war mit drei Schritten um den Tisch herum bei ihm, griff nach seinem Handgelenk, sagte auf Deutsch: »Untersteh dich«, und wusste gleichzeitig, dass das Adrenalin mich nur für kurze Zeit beschützen würde, dann würde ich zittern oder stottern oder mit überkippender Stimme meine Angst und Unterlegenheit zeigen. Falls er mich nicht vorher mit einem Schlag seiner anderen Hand in die Büsche donnerte.

Er sah mich nicht an. Ich spürte, dass sein Arm kraftlos wurde, und ließ los, worauf er sich wortlos umdrehte und ging. »Ti aspetto«, sagte er noch, ohne Livia dabei anzusehen, und dann verschwand er die Treppe hinab und nach rechts aus meinem Blickfeld.

Als ich mich umwandte, stand sie noch genauso da, den Bademantel offen, den Blick starr auf mich gerichtet, die Arme an den Seiten herabhängend und wie abgeschaltet. Dass dieser Anblick sehr schön war und mir weder zustand noch etwas bedeuten durfte, war mir in diesem Moment nicht bewusst, ich ging, ohne nachzudenken, die drei Schritte zu ihr hin, nahm die Seiten des Bademantels, deren eine schwerer war vom Schlüssel in der Tasche, legte sie vor ihrem Bauch zusammen und griff dann nach dem losen Gürtel, zuerst mit der rechten Hand, dann hielt ich alles, Mantelsaum und Gürtel, fest und griff mit der Linken nach dem anderen, um die beiden Enden umeinander zu schlingen. Wie eine Mutter, die ihr Kind anzieht.

Sie atmete tief ein, sah mich irritiert oder erstaunt oder fragend an, schüttelte dann den Kopf und setzte sich, als wäre sie erschöpft, auf ihren Stuhl, griff nach dem halb vollen Weinglas und leerte es mit einem großen Schluck.

Ich ging um den Tisch herum, setzte mich ebenfalls und merkte, dass mein linkes Bein sofort zu zittern begann. Ich bin nicht mutig, habe mich in meinem ganzen Leben noch jedes Mal diplomatisch aus brenzligen Situationen herausgemogelt, ich kannte mich nicht so aufbrausend und gewaltbereit. Das musste aus tieferen Schichten gekommen sein, von irgendwo im Stammhirn, wo sich eine Spur echter Männlichkeit erhalten haben mochte. Anders konnte ich mir mein Verhalten nicht erklären.

»Das tut mir sehr leid«, sagte sie leise.

Sie schien mir noch immer gelähmt vor Schreck oder Peinlichkeit, Scham oder Zorn, hatte den Kopf gesenkt, als wolle sie ihr Gesicht unter den Haaren verbergen, die dafür aber nicht lang genug waren. Ich hätte sie gern in den Arm genommen, aber das wagte ich nicht.

»Mir auch«, sagte ich stattdessen, »peinlicher Auftritt.«

Sie schwieg, saß einfach nur da, eine Hand auf der Tischplatte, die andere im Schoß, und ich dachte daran, dass ich dort kein Schamhaar gesehen hatte. Und dass meine Spekulation, sie trage einen Badeanzug, wenn sie mich besuchte, falsch gewesen war. Wozu auch, dachte ich, ein Bademantel ist doch Bekleidung genug.

»Kommt er wieder?«, fragte ich, als mir einfiel, dass ich vielleicht ein wenig Umsicht an den Tag legen sollte, mit ihr nach drinnen umziehen und die Tür abschließen zum Beispiel, falls er meine Pose durchschaut hatte und mich mit einer Ohrfeige oder einem Kinnhaken aus dem Weg befördern wollte.

»Ich weiß nicht«, sagte sie. »So kenne ich ihn nicht. Ich glaube, er hat Kokain oder so was genommen. So aggressiv und hässlich kenne ich ihn nicht.«

»Sollen wir vielleicht nach drinnen gehen und abschließen?«

Sie schüttelte den Kopf.

»Könnten Sie mir Ihr Auto leihen?«, fragte sie, während sie sich eine Zigarette aus der Schachtel zog und anzündete. Ich tat es ihr nach und merkte, dass jetzt auch noch meine Finger zitterten.

»Ich fahre Sie, wohin Sie wollen. Ich lasse Sie jetzt nicht allein.«

Sie zog den Rauch tief ein, hustete, weil sie das nicht gewohnt war, aber entspannte sich dennoch zusehends. Nach ein paar Zügen drückte sie die längst nicht fertig gerauchte Zigarette aus und stand auf.

»Wir machen es so«, sagte sie, »ich stehe am Tor und

mache erst auf, wenn Sie den Wagen gestartet haben. Wenn er uns hört, kommt er vielleicht noch mal, um sich mir in den Weg zu stellen. Wenn wir schnell genug sind, sieht er uns von hinten. Ich will nicht, dass Sie ihn überfahren müssen.«

Sie lächelte nicht bei dieser Aussage.

Ich holte Geldbeutel, Jackett und Handy aus der Küche, schloss alles ab, schaltete die Alarmanlage ein, um ihn nicht bei meiner Rückkehr mit einem Beil in der Hand in der Küche vorzufinden. Daran, dass er einen Schlüssel haben könnte, dachte ich nicht.

Sie ging voraus zum Tor, öffnete, als ich den ersten Gang einlegte, und ging eilig nach draußen auf die Straße, weil sie in der engen Einfahrt nicht einsteigen konnte. Ich fuhr los, als sie die Beifahrertür zugeschlagen hatte, nach oben, obwohl wir dadurch an ihrem Tor vorbeimussten, aber die Einfahrt war so geschwungen, dass ich, wenn ich nach unten wollte, auf der Straße wenden und einmal zurückstoßen musste – das hätte Zeit gekostet, die wir ihm nicht geben wollten.

Und tatsächlich sah ich ihn aus dem Tor hasten, als wir es gerade passiert hatten – er rannte uns ein paar Meter nach, ich gab lärmend noch immer im ersten Gang Gas und schaltete erst vor der nächsten Kurve hoch, nachdem er längst aufgegeben hatte. Er schwang nicht die Fäuste oder brüllte Drohungen, sondern stand einfach nur da, die Arme herabhängend, und sah uns nach, wie wir um die Kurve verschwanden.

Ich konzentrierte mich aufs Fahren, so untertourig und damit leise wie möglich, ihr anfangs heftiges Atmen wurde langsam wieder normal, sie erholte sich, als wären wir ihrem Mann nicht davongefahren, sondern davongelaufen, und erst als wir oben in Pedona waren, fragte ich, wohin wir fahren würden. Sie sagte: »Nach Pisa.«

~

»Das ist so furchtbar peinlich«, sagte sie später, »ich würde mich gern für Giancarlo entschuldigen, aber dafür bin ich zu wütend auf ihn.«

»Na ja. Es ist ein Missverständnis«, sagte ich, »denken Sie nicht, dass er das morgen bereut?«

»Er wird mir nicht glauben. Alles, was er gesehen hat, passt zu dem, was er sowieso denkt. Er weiß, dass ich mich trennen will, und glaubt, ich hätte mir schon mal einen Liebhaber genommen, damit der Absprung leichter vonstattengeht. Vermutlich hat er genau das gesehen, was er erwartet hat. Er wäre nicht nachts herbeigeschlichen, wenn er nicht exakt dieses Bild hätte sehen wollen. Haben Sie das Auto gesehen, das oberhalb der Kurve am Straßenrand geparkt war?«

»Den dunklen Audi?«

»Ja. Er ist extra über Pedona gefahren, um geräuschlos den Berg herunterrollen zu können, dann extra weiter oben ausgestiegen, damit ich nicht etwa die Autotür höre, und dann ins Haus geschlichen, um mich mit einem Mann im Bett zu erwischen. Dann war das Haus aber leer und mein Auto in der Einfahrt, also hat er die Suche auf den Pool ausgeweitet, und dort hat er unsere Stimmen gehört, und alles war klar. Für ihn.«

»Aber wenn er doch weiß, dass Sie ihn verlassen wollen, wieso dann der Aufwand? Er muss dann doch mit einem Liebhaber rechnen.«

»Den er dann halt umbringt oder zusammenschlägt. Er erträgt es einfach nicht. Er glaubt, wenn er unserer Trennung nicht zustimmt, findet sie nicht statt.«

»Hat er Sie je geschlagen?«

»Nein. Ich kenne ihn verächtlich und verletzend, aber nicht gewalttätig. Allerdings hatte er, bevor wir zusammen waren, schon einmal Kontaktverbot zu einer Frau. Er hat mir nie davon erzählt. Ich habe es von einer Schauspielerin erfahren, die beide kannte. Jetzt denke ich, Kontaktverbot kriegt man nicht, wenn man friedlich ist, also kann er wohl ausrasten, und ich habe es eben nur noch nicht erlebt.«

Ich fuhr vorsichtig, denn es ging die ganze Zeit in engen Kurven durch Wald, und ich rechnete damit, dass uns ein Tier vors Auto rennen würde. Mein Lichtkegel erfasste oft nur zehn, zwanzig Meter voraus, dann kam schon die nächste Kurve. Anfangs hatte ich befürchtet, er würde uns hinterherfahren, aber wir blieben allein.

Sie sah, dass ich immer wieder in den Rückspiegel schaute, obwohl das unnötig war, denn sein Licht hätte ich auch so bemerkt, und ohne konnte er hier im Wald nicht unterwegs sein, es war ein Reflex, den ich nicht unterdrücken konnte.

»Er sitzt zu Hause und betrinkt sich«, sagte sie, »oder er zerschlägt das Mobiliar. Nein, das wird er nicht tun. Es ist sein Haus. Es sind seine Möbel. Eher wirft er meine Gartenmöbel in den Pool. Oder meinen Laptop aus dem Fenster.«

»Hoffentlich nicht. Ihre Doktorarbeit wäre verloren.«

»Nein, das nicht, zum Glück, ich habe sie hier am

Schlüssel auf dem USB-Stick. Das ist eine eiserne Regel, seit mir vor Jahren ein Computer gestohlen wurde.«

»Hoffen wir, dass er sich friedlich betrinkt«, sagte ich.

Es fühlte sich ganz natürlich an, mit dieser Frau gegen ihren eigenen Mann verbündet zu sein. Er war der Eindringling gewesen in unserem nächtlichen Idyll, er hatte die Hand gegen sie erhoben, sie hatte Angst vor ihm, wollte sich zumindest nicht seinen Vorwürfen aussetzen, deshalb fuhr sie mit nichts als ihrem Bademantel am Leib mit mir durch die Nacht.

~

Das erste Auto begegnete uns an der Auffahrt zur Autobahn. Die Uhr am Armaturenbrett zeigte kurz vor zwei, und mir wurde mulmig, weil mir einfiel, dass der wütende Mann ja auch nach Pisa gefahren sein konnte. Er musste uns nicht gefolgt, sondern konnte bergab über Camaiore viel schneller dorthin gelangt sein.

»Wäre es möglich, dass er auf uns wartet?«

»Er hat keinen Schlüssel. Die Wohnung in Pisa ist Teil meiner Arbeit. Er hat mich dort nur zwei-, dreimal besucht. Wir sind an den Wochenenden immer im Haus. Das heißt, wir waren dort immer. Wer weiß, ob ich jemals noch einen Fuß da reinsetze.«

»Und wenn er im Auto wartet?«

»Wir fahren erst mal vorsichtig dran vorbei und sehen, ob er da ist. Ich glaube das aber nicht. Er sitzt zu Hause und schaut sich im Spiegel beim Leiden zu.«

»Sie klingen unversöhnlich.«

»Ja, das merke ich auch. Und ich merke auch, dass ich erleichtert bin. Erlöst. Sein Benehmen vorhin hat mich von den letzten Skrupeln befreit. Irgendwie ist jetzt klar, dass wir uns trennen werden.«

Mir kam der Gedanke, dass sie mit seinem Kommen gerechnet haben konnte und absichtlich alles so aussehen lassen, als wären wir ein Liebespaar, aber ich beherrschte mich und sprach ihn nicht aus.

»Nein«, sagte sie, »das habe ich nicht geplant.«

Ich sah sie für einen Moment an. Sie hob nur die Augenbrauen. Dann wandte ich meine Aufmerksamkeit wieder der Straße zu, weil wir uns der Abfahrt Pisa-Centro näherten.

~

Sie dirigierte mich durch die schlafende Stadt und sagte irgendwann: »Entweder sein grauer Audi oder mein schwarzer Range Rover, ich schau rechts und Sie links.«

Ich fuhr langsam. Die Straße war auf beiden Seiten vollgeparkt mit Autos, hier einen Parkplatz zu finden wäre nicht einfach. Auf meiner Seite gab es einen einzigen Audi, aber das war ein kleiner weißer A3, und zwar den einen oder anderen SUV, aber keinen schwarzen Range Rover.

»Jetzt noch langsamer bitte«, sagte sie und schaute angestrengt an mir vorbei, weil wir offenbar ihren Hauseingang passierten. »Alles klar«, sagte sie dann, »die Luft ist rein. Wenn Sie dort vorne rechts abbiegen, kommt nach dem ersten Haus ein kleiner Hof, da können wir parken. Er gehört zu einem Restaurant, das erst am Abend aufmacht.«

~

Es war mir unangenehm, dass sie mit nackten Füßen über Hof und Bürgersteig gehen sollte, aber meine Schuhe konnte ich ihr schlecht anbieten, die waren ihr zu groß. Meine Socken lehnte sie lachend ab und sagte: »Ich wasch mir gleich die Füße. Kein Problem.«

Bis wir um die Ecke waren und vor ihrer Haustür standen, war meine Angst wieder gewachsen. Ich rechnete jede Sekunde damit, einen Schatten auf uns zustürzen zu sehen und mich diesmal in einer wirklichen Prügelei wiederzufinden.

Auch sie sah sich um, als sie den Schlüssel ins Schloss steckte, und zog mich eilig, nachdem sie die Tür aufgestoßen hatte, hinter sich her in den Hausflur.

Sie schaltete das Licht an und lächelte mir zu. »Sie sind ein ritterlicher Mann«, sagte sie und ging mir voran eine Treppe hoch, schloss ihre Wohnungstür auf und ging voraus.

~

Die Wohnung war nicht direkt spartanisch, aber doch eher funktional eingerichtet. Direkt von der Eingangstür ging es nach links in einen Flur mit zwei Türen und einer Garderobe und geradeaus in ein Wohnzimmer, das nicht groß war, aber rechts und links Durchgänge zu zwei weiteren Zimmern hatte. Das eine ein Arbeitszimmer mit Ordnern, Büchern und Schreibtisch, das andere eine Küche mit einem Esstisch für vier Personen.

Sie setzte sich auf die Lehne des einzigen Sofas, ich ging zur Balkontüre und schaute auf die Straße hinunter. Alles friedlich, kein Schatten, kein Feind.

»Würden Sie sich in der Küche selbst nehmen, was Sie trinken oder essen möchten?«, fragte sie, »ich will mir was anziehen.«

Ich nickte, sie verschwand in dem kleinen Flur, und ich hörte kurz darauf das Rauschen der Dusche. Im Kühlschrank stand eine Flasche Wasser, ich fand ein Glas, schenkte mir ein und ging zurück ins Wohnzimmer, um auf dem kleinen Balkon über der Straße eine Zigarette zu rauchen.

Ich strengte mich an, die Situation als unverfänglich anzusehen, aber es gelang mir nicht. Nachts in meinem Garten mit ihr zu plaudern war etwas anderes, als nachts in ihrer Wohnung vor ihrem eifersüchtigen Mann Schutz zu suchen.

»Wollen Sie auch duschen? Ich habe Ihnen ein Handtuch rausgelegt«, sagte sie, als sie, angezogen mit einer dünnen rot-schwarz-blau gemusterten Hose, einem blauen Top und Espadrilles an den Füßen zu mir nach draußen trat. Ich war schon bei der nächsten Zigarette angelangt, hatte begonnen, die nächtliche Stadt mit den schlafenden Autos, Bäumen und gepflasterten Gehsteigen zu betrachten, die Stille wurde nur gestört vom entfernten Brummen einer Klimaanlage. Die Fenster der meisten Häuser standen offen, um den Bewohnern die Hitze erträglicher zu machen.

»Ich habe eine Tür, und ich kann mir was in die Ohren stecken. Schnarchen Sie ruhig.«

»Vielleicht tu ich es ja auch gar nicht. Der letzte TÜV ist Jahre her.«

»Was ist ein TÜV?«

»Technischer Überwachungsverein. Eine Prüfinstanz für Autos. Alle zwei Jahre wird die Verkehrssicherheit überprüft.«

Sie lachte. »Ach so. Dann bin ich der aktuelle TÜV.«

Sie nahm die Weinflasche vom Couchtisch und brachte sie in die Küche, dann ging sie zum Flur und sagte noch: »Schlafen Sie gut. Danke.«

~

Die Nachtigall sang noch immer, als ich mich auszog und hinlegte. Der Geruch der ausgeblasenen Kerzen und das Streicheln der leichten Decke auf meiner Haut waren das Letzte, was ich mitbekam.

mehr. Es war zertrampelt. Ein aufgeflogenes Versteck oder eine geschleifte Bastion. Je länger ich darüber nachdachte, desto entschlossener war ich, meine Sachen zu holen und abzureisen. Der Zauber war weg.

Oder er war hier in Pisa.

~

Sie trug dieselbe Hose wie gestern Nacht, aber ein anderes Oberteil. Ich sah sie schon auf der Straße, wie sie zielstrebig, aber nicht hastig herankam. Sie richtete den Blick nach oben und winkte mir zu. Ich winkte ebenfalls und hob meine Kaffeetasse und die Zigarette in die Luft, als müsste ich erklären, wieso ich hier draußen stand.

»Er ist noch da«, sagte sie, als sie oben angekommen war und die Tür hinter sich schloss, »er hat Kleider von mir vor der Tür auf einen Haufen geworfen und lässt Wagneropern durchs ganze Haus dröhnen. Ludovica, Frau Verdecchia, die Sie empfangen hat, ist vorbeigefahren und hat nachgesehen.«

»Dann fahren wir und holen Ihre Sachen. Sie brauchen den Laptop. Hoffentlich liegt er nicht zerschmettert daneben. Oder denken Sie, er geht auf uns los?«

»Ludovica fährt nach der Arbeit vorbei und holt alles. Sie würde auch Ihre Sachen einsammeln und mitbringen, wenn Sie das wollen.«

Ich zupfte an meinem Polohemd und sagte: »Danke für die Ausstattung. Passt alles perfekt.«

»Mir ist hinterher eingefallen, dass ich einen Rasierer vergessen habe.« Sie lächelte. »Aber die Stoppeln stehen Ihnen gut.«

Sie ging in die Küche. »Wollen Sie auch einen Kaffee?«

»Gern«, sagte ich, folgte ihr und sah ihr dabei zu, wie sie mit geübten Griffen an der Maschine hantierte.

»Ich wollte Sie nicht mit lautem Telefonieren nebenan aufwecken, deshalb bin ich in mein Büro in der Universität gegangen und habe mit Ludovica gesprochen, mit der Verwaltung des Theaters in Turin, meine Arbeit gespeichert und mich nach einem schönen Hotel umgesehen. Falls Sie noch zwei Nächte hierbleiben wollen, lade ich Sie dazu ein. Ich stelle mir vor, das Haus ist Ihnen jetzt verleidet, und der betrunkene Nachbar mit seinen Wagneropern lockt Sie nicht gerade dorthin zurück.«

»Denken Sie, er weiß, dass Sie hier sind?«

»Weil er dann noch immer hier auftauchen könnte?«

»Ja.«

»Er wird sich denken, dass ich hier bin, ja, aber ich glaube nicht, dass er kommt. Der Musik nach ist er noch immer betrunken, also wird er sich nicht ins Auto setzen, und am Samstag ist die Premiere in Turin, bis dahin muss er sich wieder aufgerappelt haben. Damit er in vorzeigbarem Zustand der Hautevolee um den Bart gehen kann. Und da er meine Sachen rausgeworfen hat, ist er wohl nicht gerade auf Versöhnung aus. Gut für mich. Klare Verhältnisse.«

»Das Hotel möchte ich aber selbst bezahlen.«

»Das ist mir peinlich. Sie sind doch durch meine Schuld um Ihre Ruhe gebracht worden, da ist es doch das Mindeste, dass ich für angemessenen Ersatz sorge.«

»Und mir wär's peinlich, wenn *Sie* das bezahlen würden.«

fahren in Venedig, den Eiffelturm oder die Mona Lisa in Paris und die Freiheitsstatue in New York immer links liegen gelassen hatte. Das war ein antitouristischer Reflex, den ich selbst albern fand – Ignoranz ist keine Leistung –, aber die Illusion, ich sei nicht Teil einer Masse, war mir solche Albernheiten wert, obwohl ich sie durchschaute.

Als das städtische Leben wieder in Schwung kam, wurde ich müde und ging zurück zum Hotel.

Einfach so auf dem Bett zu liegen an einem so schönen Tag in einer so schönen Stadt war zwar eine Sünde, aber Gier ist auch eine, sagte ich mir, also werde ich nicht jeden Anblick zusammenraffen, dessen ich habhaft werden kann, sondern Urlaub machen. Es geht darum, nichts zu tun, weg zu sein, fern von meinem Schreibtisch, fern von meiner Stadt und fern von dem Anspruch an mich selbst, eine Idee zu haben, meinen Beruf auszuüben, so zu funktionieren, dass niemand, der sich auf mich verlässt, enttäuscht wird.

Dass sich diese kleine Auszeit so abenteuerlich entwickeln würde, hätte ich nicht mehr für möglich gehalten. Ich bin in dem Alter, in dem alles glattläuft. Man bucht eine Unterkunft, schlendert durch Städte, träumt vor sich hin, man fährt ein Auto, das nicht überraschend liegen bleibt, hat mit Menschen zu tun, die sich an die Abmachungen halten, man bezahlt, bekommt, was man erwartet, und wird ansonsten in Ruhe gelassen.

Dass eine schöne Nachbarin sich nachts mit mir unterhält, dass ihr eifersüchtiger Ehemann sich als wenn auch vielleicht nur eingebildete Bedrohung entpuppt, dass ich mit ihr die Flucht antrete und eine Nacht in ihrer Wohnung verbringe, das alles passte nicht mehr so recht zu meinem Alter.

Mit Mitte zwanzig hatte ich solche Turbulenzen für normal gehalten, jetzt, mit fast fünfzig, kamen sie mir extravagant und verblüffend vor. Joe Louis war eine Zeitmaschine. Er hatte mich zurückgebracht ins Offene.

Allerdings war ich nicht offen. Falls Frau Giannecchini ein Auge auf mich geworfen haben sollte, hätte ich das gemerkt, und falls ich eines auf sie geworfen haben sollte, würde ich das ignorieren. Sie unterhielt sich gern mit mir, verbrachte ihre schlaflosen Nächte in meiner Gesellschaft, mehr nicht.

~

Mein Handy blieb schwarz, als ich nach dem Aufwachen die Uhrzeit daran ablesen wollte, aber ein Blick aus dem Fenster zeigte mir, dass die Sonne noch nicht sehr tief stand, also duschte ich in Ruhe und ging nach unten.

Die Menge der Fahrräder und Autos schien noch zugenommen zu haben, alles strebte irgendwohin, und die ersten Läden und Bars schlossen ihre Türen. Im Fenster eines Juwelierladens konnte ich auf den ausgestellten Uhren die Zeit ablesen – es war kurz vor sieben.

Ich trödelte um ein paar Ecken und ging dann zurück zum Hotel, um Frau Giannecchini nicht warten zu lassen. Noch auf dem Weg dorthin sah ich sie an mir vorbeifahren – Joe Louis stand ihr gut –, sie fuhr vor dem Hotel in eine kleine Gasse, und ich sah, als ich an der Ecke angelangt war, dass sie dort in einen Innenhof abbog, dessen Schranke sich eben geöffnet hatte. Sie war wohl ein Organisationstalent. Sie musste schon heute Vormittag mit dem Hotel abgesprochen haben, dass mein Auto einen Stellplatz brauchte.

»Ich habe einen schönen Platz für uns gefunden«, sagte sie und gab mir den Schlüssel. Ich nahm den Koffer, brachte ihn auf mein Zimmer, steckte mein Ladekabel ins Handy und die Steckdose und zog meine Uhr an.

Einen Moment lang war ich versucht, mir noch einen Spritzer Parfüm unters Kinn zu geben, aber ich ließ es sein. Ich fühlte mich zwar unzureichend bekleidet ohne, aber es würde eine Zeit lang zu stark riechen.

Wieder unten angekommen zog ich den Schlüssel für ihr Haus aus meiner Hosentasche und gab ihn ihr. Sie steckte ihn in die Handtasche und sagte: »Wir gehen zu Fuß. Zehn Minuten höchstens«, dann hakte sie sich bei mir ein, aber ließ nach ein paar Metern wieder los, weil auf dem Gehsteig zu viele Menschen unterwegs waren. Zu zweit waren wir manövrierunfähig.

Wir gingen zum Arno und daran entlang bis zu einem eher unspektakulären Platz mit einem eher unspektakulären Restaurant, dessen Kellner gelassen oder gelangweilt im Gang zwischen den Tischen stand und in die andere Richtung schaute.

»Hier«, sagte sie und bückte sich, um an einem Poller den Riemen ihrer Sandale neu zu binden, und ich ging die paar Schritte zu dem Aufsteller mit der Speisekarte, um schon mal einen Blick darauf zu werfen.

»Ha prenotato?«, fragte der Kellner und hielt die Hände schon vorsorglich so ausgebreitet, dass sie sein

Bedauern unterstreichen würden, mit dem er mir leider den Zutritt verwehren müsste, und ich hatte noch nicht geantwortet, da änderte sich sein Gesichtsausdruck, denn jetzt sah er meine Begleitung, die neben mich getreten war, und sagte: »Si. Un tavolo per due. Fuori.«

Er strahlte. Und wuselte, um uns die Stühle zurechtzurücken, brachte in Windeseile eine Karaffe Wasser, ein Körbchen mit Brot und eine kleine Schale mit Olivenöl, um dann zu fragen, ob wir einen Aperitif wollten. Wir nahmen beide Aperol Spritz, und ich linste, als er gegangen war, am Tisch vorbei auf die Sandalen, die mir erst aufgefallen waren, als Livia sich danach gebückt hatte.

Sie waren überkreuz mit schmalen Bändern bis zur Mitte des Unterschenkels geschlungen. Das erinnerte mich an Darstellungen von römischen oder griechischen Frauen, und ich sah sie vor meinem inneren Auge mit nichts weiter als diesen Sandalen im Mondlicht zwischen den Olivenbäumen wandeln. Wenn sie jetzt meine Gedanken hätte lesen können, dann wäre eine Ohrfeige verdient gewesen. Sie las jedoch die Speisekarte und kümmerte sich nicht um mich.

Ich wurde mir wieder einmal bewusst, was für ein Privileg es ist, an der Seite einer schönen Frau zu sein. Ich hatte das mit meiner Mutter erlebt und genauso mit Bettina, das Licht geht an auf den Gesichtern, der Ton ändert sich, Wohlwollen, Heiterkeit und Respekt sind auf einmal selbstverständlich. Und all die Zuvorkommenheit gilt nicht nur der Schönheit, auch ich, deren Begleiter, rücke auf und bekomme einen Teil der Achtung zugesprochen. Wer mit solch einer Frau unterwegs ist, muss was Besonderes sein.

Es ist lächerlich. Hat vermutlich ausschließlich mit Chemie zu tun. Man sollte sich eigentlich schämen, von solchen platten Mustern im Stammhirn zu profitieren. Aber Scham war das Letzte, was mir eingefallen wäre. Ich genoss es und sah es als Geschenk. Man muss nicht alles verdient haben.

»Suchen Sie einen Wein aus?«, fragte ich, nachdem wir uns für Bruschetta, Pasta mit Trüffeln und Salat entschieden hatten, und sie nahm die Weinkarte, deutete auf einen, dessen Preis sie mit dem Daumen abdeckte, als sie mir die Karte hinhielt. Ein Nebbiolo. Ich nickte. Sie lächelte.

~

»Wie waren Sie als Kind?«, fragte sie, nachdem wir bestellt hatten, »einsam, unglücklich oder eher der Siegertyp?«

Ich musste eine Weile überlegen. Das war schon so lange her.

»Als Kind war ich glücklich und wusste es nicht, als Jugendlicher war ich verträumt und sicher egozentrisch, danach eine Zeit lang an der Welt verzweifelt, wie jeder in diesem Alter, und von heute aus gesehen war ich privilegiert und beschützt und außer Krankheit oder Unfall keiner Gefahr ausgesetzt.«

Sie lächelte.

Ich sah sie fragend an.

»Das war eine sehr geschliffene Antwort«, sagte sie, noch immer lächelnd, »man merkt, dass Sie schreiben.«

»Sie sagen das so, als wäre es ein Makel.«

»Ist es nicht. Nein. Es gefällt mir. Es zeigt, dass Sie auch über sich selbst nachdenken. Ich glaube, das tun nicht viele Leute.«

Der Kellner brachte unsere Bruschette und den Wein, den er aber geöffnet stehen ließ, weil wir den Aperitif noch nicht ausgetrunken hatten. Zwei Jungen umkreisten mit ihren Skateboards die Statue auf dem Platz, und Frau Giannecchini, die meinem Blick gefolgt war, sagte: »Das ist Garibaldi. Unser Nationalheld.«

»Qui si fa l'Italia o si muore«, sagte ich, und sie lächelte wieder.

»Sie mögen mein Land.«

»Ja«, sagte ich, »sehr.«

Sie gab mir Tipps für den nächsten Tag, empfahl mir den Kreuzgang von Camposanto Monumentale, das Baptisterium beim Dom und die Brücken über den Arno, sagte, sie hätte mir gern alles gezeigt, aber sie müsse sich heute Abend schon verabschieden, weil sie morgen früh wegfahre. Ludovica bringe ihr das Auto, sie fahre sie damit zurück zur Arbeit und dann weiter nach Arezzo zu einem Termin.

Ich war enttäuscht, versuchte mir das nicht anmerken zu lassen, aber ich fürchte, es gelang mir nicht, die Melancholie zu verbergen, die sich auf einmal meiner bemächtigt hatte. Ich sagte natürlich nicht, ich werde Sie vermissen oder etwas Ähnliches, aber es war so. Ich hatte mich an sie und unsere nächtlichen Treffen gewöhnt und empfand es als Verlust, dass das jetzt einen Tag zu früh ein Ende haben würde.

~

Wir saßen fast zwei Stunden dort, plauderten sprunghaft über Mode, Musik und Orte, die wir gesehen hatten, lobten die Linguine, als der Kellner unsere Teller abräumte, und tranken die Flasche Nebbiolo bis zum letzten Tropfen leer. Als hätte die Ankündigung ihrer Abreise am nächsten Morgen alles Persönliche zum Tabu gemacht, redeten wir nur noch über Dinge, die an den Außengrenzen unserer Leben erschienen.

Vielleicht lag das an mir, an meiner Enttäuschung, dass sie am nächsten Tag schon weg sein würde, vielleicht spürte sie das und reagierte darauf, indem sie mir zeigte, dass wir nur temporäre Nachbarn gewesen waren. Nicht mehr. Ich hatte nur ein Haus gemietet, keine Freundin.

~

Ich brachte sie nach Hause, und wir rauchten auf der Straße vor ihrer Tür noch eine Zigarette, dann drängte sie mir ihre noch fast volle Schachtel auf, legte eine Hand auf meinen Arm und sagte: »Es war schön mit Ihnen. Kommen Sie wieder.«

Dann schloss sie die Haustür auf und ging hinein.

Ich wartete noch, bis das Licht oben anging und kein Hilferuf ertönte, denn ich dachte, der wütende Ehemann könne vielleicht irgendwie an einen Schlüssel gekommen sein und ihr in der Wohnung auflauern, aber nach einer Minute, in der sich nichts Ungewöhnliches tat, machte ich mich auf den Weg.

Ich hörte in meinem Rücken, dass ihre Balkontür

aufgegangen war, wandte mich um und sah sie da stehen und winken.

»Danke!«, rief sie, »alles in Ordnung.«

Ich winkte zurück und ging meiner Wege.

9

Ich musste im Schlaf entschieden haben, dass ich abreisen würde, denn morgens nach dem Duschen packte ich alles in den Koffer, legte einen Fünfeuroschein für das Zimmermädchen auf den Nachttisch und ging nach unten zur Rezeption, um auszuchecken. Dort sagte man mir, alles sei schon bezahlt, und ich verstand, wieso wir am Vortag dieses Thema nicht weiterdiskutiert hatten.

Ich lud den Koffer in den Wagen und ging in die Stadt, um in einer Bar zu frühstücken. Ein Croissant und ein Cappuccino, und dann ein zweiter mit Zigarette auf der Straße. Ich hatte im Hotel gar nicht erst in den Frühstücksraum geschaut, sondern einfach angenommen, dass es noch immer so sein würde wie vor Jahrzehnten. Der Kaffee war bitter und aufgebrüht wie französischer und die Milch einfach nur heiß und nicht aufgeschäumt.

Zurück zum Hotel nahm ich einen Umweg und ließ

noch einmal die rosa, gelb und ockerfarbenen Fassadenreihen an mir vorbeiziehen, kaufte mir noch zwei Stangen Zigaretten, weil sie in Italien billiger sind, und musste, weil ich mich unterdessen verirrt hatte, Google Maps zurate ziehen.

Joe stand mit dem Gesicht zu mir, Frau Giannechini hatte ihn rückwärts eingeparkt. Auf dem Beifahrersitz lagen eine Flasche Brunello und eine Flasche Olivenöl, beide in Klarsichtfolie verpackt und an beiden ein Kärtchen mit dunkelblauem Band angebracht. Auf dem einen Stand *Buon Viaggio,* und auf dem anderen war ein Smiley gezeichnet und darunter Stand *Livia*.

Ich sagte dem Navi, wo ich hinwollte, startete den Wagen und fuhr zur Schranke, wo ich einen Knopf drücken musste, damit mich jemand an der Rezeption via Kamera erkannte und hinausließ.

~

Bis La Spezia lag das ligurische Meer links von mir, dann ging es wieder durch die Apuanischen Alpen, und erst in der Ebene nördlich davon spürte ich so etwas wie Abschiedsschmerz. Bis dahin hatte die Freude, die mich meistens beim Losfahren erfasst, vorgehalten, jetzt, angesichts der langweiligen Po-Ebene mit ihren tristen, weit in der agrarischen Ödnis verteilten Gehöften, tat es mir leid, den geheimnisvollen Olivenhain und das quirlige Pisa verlassen zu haben.

Ich tankte einmal, trank einen Espresso und fuhr dann durch bis zur Abfahrt Desenzano und von dort nach Sirmione, weil ich mich unterwegs dazu entschlossen hatte, links am Gardasee entlangzufahren.

In Sirmione hatte ich einmal mit meiner Mutter zusammen übernachtet. Ich weiß noch, wie stolz ich damals darauf war, die anerkennenden Blicke des Portiers und später auch der Kellner im Hotel auf mir zu spüren. Meine Mutter war schon krank und ging nur mühsam und langsam und immer an meinem Arm. Ganz offensichtlich fanden diese Leute es löblich, dass ein Sohn mit seiner alten Mutter reist.

Heute ist mir dieser Stolz unangenehm, denn er war nichts als Eitelkeit. Als Kind konsumierst du Liebe und Fürsorge wie Atemluft, sie ist einfach da und wird nicht knapp oder giftig, als Erwachsener fällt es dir unter Umständen nicht ein, ebenso oder wenigstens ähnlich fürsorglich und liebevoll mit deinen Eltern umzugehen, wie sie es damals mit dir taten.

Was Frau Gianecchini mir über ihre Stiefmutter erzählt hatte, war ein so grelles Gegenbild zu meinen Erinnerungen, dass mir erst dadurch klar geworden war, wie gut ich es gehabt hatte. Meine Mutter hatte mich nicht gehasst, sie hatte mich nicht als Portemonnaie benutzt, mich nicht mit ätzenden Bemerkungen verletzt oder sich wie eine Feindin aufgeführt. Auch mein Vater hatte das nicht getan. Er hatte mir nie einen Vorwurf gemacht, dass ich ihn ignorierte und all seine Annäherungsversuche am langen Arm verhungern ließ. Livias Vater hatte ihr nicht nur eine hinterhältige Stiefmutter ins Leben gesetzt, sondern sie dann auch noch mit dieser alleingelassen. Ein Wunder eigentlich, dass sie ihm offenbar nichts übel nahm.

Ich trank in Sirmione nur einen Cappuccino und fuhr dann weiter in Richtung Saló.

Es war keine gute Idee gewesen, die Westseite des Sees entlangzufahren. Alle paar Hundert Meter tauchte ein Pulk bunt gekleideter Rennradfahrer vor mir auf, dem ich entweder mit maximal dreißig Stundenkilometern gemeinsam mit einer Schlange enervierter Leidensgenossen hinterherschleichen musste oder den ich mit Lärm und unter Stress an Stellen überholte, die ich nicht gut genug übersehen konnte. Von Saló bis Riva brauchte ich fast drei Stunden. Ich versuchte zwar das Beste draus zu machen, sah mir den See an, freute mich an den Kurven, durch die ich den wackeren Joe zwar nicht jagen, aber doch hin und wieder zügig ziehen lassen konnte, aber in Riva angekommen war ich verschwitzt, als hätte ich mich mit der Machete durch den Dschungel geschlagen. Ich hatte genug von der ständigen Anspannung und fuhr auf dem nächsten Weg zur Autobahn zurück.

~

Ich hatte eigentlich vorgehabt, irgendwo unterwegs zu übernachten, aber freitags in einer Gegend von touristischem Interesse ist das keine gute Idee. Die Gegenspur nach Süden war noch abends um halb neun voll, und das würde wohl bis München so weitergehen. Also trank ich alle zwei Stunden einen Espresso, tankte kurz hinter Innsbruck und war vor Mitternacht zu Hause.

Ich war so müde, dass ich an der Ampel am Plärrer beim Losfahren zu schnell auskuppelte und den Motor abwürgte. Joe verkürzte die Peinlichkeit, indem er sofort wieder startete, als ich die Kupplung noch einmal durchtrat.

Die Wohnung von Martina und Nick war dunkel, die Straße nass, weil es vor Kurzem geregnet hatte, und Parkplätze gab es einige, wie immer am Wochenende, sodass ich Joe wieder fast vor der Tür abstellen konnte. Ich klopfte auf sein Armaturenbrett und bedankte mich. So, wie man seinem Pferd nach einem langen Ritt auf die Kruppe oder den Hals klopft.

~

Als ich Koffer und Geschenke oben hatte, setzte ich mich mit einem Glas Wein auf meinen kleinen Küchenbalkon und sah einem Nachbarn mit Jeans und nacktem Oberkörper im Hinterhof beim Mülleimer-Tetris zu. Er hatte Mühe, an seinen eigenen Eimer zu kommen, der ganz hinten stand, sodass er zuerst einige andere aus dem Weg und danach wieder an ihren Platz zurückschieben musste.

Niemand störte sich an dem Gerumpel. Im ganzen Hinterhof war nur in zwei Wohnungen überhaupt Licht. Wer weiß, wie viele Nachbarn mir heute auf ihrem Weg nach Süden entgegengekommen waren.

Als ich mich ausgezogen und das Licht gelöscht hatte, öffnete ich die Fenster im Schlaf- und Wohnzimmer, denn hier musste es vor dem Regen auch sehr heiß gewesen sein. Die kühle Luft auf meiner Haut tat mir wohl, und die Stille draußen ließ mich sofort einschlafen.

10

Nach dem Duschen und einem Kaffee packte ich die Waschmaschine voll, holte die Post aus dem Briefkasten, legte den kleinen Stapel ungeöffnet auf den Schreibtisch und ging durch den Park in die Stadt, am weißen Turm vorbei, an der Lorenzkirche nach links zu Karstadt in der Königstraße und leistete innerlich Abbitte für das, was ich in Lucca Abfälliges über Nürnberg gedacht hatte. Es war nicht wahr.

Hier ging man ebenso fröhlich und gelassen seiner Wege, freute sich des Lebens und des Samstagvormittags, hastete nicht, maulte nicht, lächelte und plauderte und ließ es sich gut gehen. Und die Stadt war schön. Nach dem Krieg hatte man hier die Weisheit besessen, alles in den alten Grundrissen und Dimensionen wiederaufzubauen. Dieselben nüchternen, schmucklosen Nachkriegsbauten, die Städten wie Pforzheim, Köln oder Kassel den Geist genommen hatten, taten das hier nicht, weil durch ihre Anordnung und Größe die Anmutung einer Stadt aus dem Mittelalter erhalten geblieben war. Oder auferstanden.

Gut, dass ich durch meine Ankunft spätnachts die Fremdheit der eigenen Wohnung einfach verschlafen hatte. Beim Aufwachen war alles wieder richtig gewesen. Und jetzt fühlte es sich richtig an, die Lebensmittelabteilung zu durchstreifen und alles Notwendige fürs Wochenende einzukaufen. Milch, Kartoffeln, Brot und Tomaten, Eier, Kaffee und eine Avocado, und obwohl meine Tasche von all den Sachen schwer geworden war, ging ich zurück auf dem Umweg über das Literaturhaus.

Dort saßen, in der Sonne vor dem Café, wie erwartet ein paar Kollegen, lasen Zeitung oder wischten auf ihren Handys herum. Zwei von ihnen, ein Romancier und eine Krimikollegin, saßen am selben Tisch, ein anderer, der auf historische Stoffe spezialisiert war, hatte sich separiert und winkte nur kurz zum Gruß. Ich setzte mich zu den beiden, und wir besprachen das, was wir immer besprechen. Verlage, Kollegen, Rezensenten und Buchhändler, nichts Privates und nichts, was nur im Entferntesten einer Idee oder künstlerischen Vorstellung ähnelte.

Als die anderen von Kaffee auf Weißwein umstiegen, verabschiedete ich mich und ging nach Hause, wo ich so verschwitzt ankam, dass ich gleich noch einmal duschte.

~

Den Rest des Tages verbrachte ich mit Wäscheaufhängen, Staubsaugen, den Anrufbeantworter abhören,

Rechnungen bezahlen, die Avocado essen, Mittagsschlaf und ausgiebigem Herumspazieren im Internet auf Facebook, YouTube, einigen Zeitungsportalen und Blogs.

Von Martina und Nick hatte ich nichts gehört, sie waren wohl übers Wochenende verreist, also machte ich mir einen einsamen Käsesalat zum Abendessen und ging ins Kino.

Innerlich war ich noch immer im Olivenhain und in Pisa, fühlte mich fremd, aber es war nicht unangenehm, sondern eher so, als betrachtete ich meine direkte Umwelt mit anderen Augen, größerer Sympathie, aber feinerem Unterscheidungsvermögen. Dabei hätte ich nicht sagen können, was jetzt auf einmal hätte klarer oder transparenter sein sollen, es fühlte sich nur so an, als sei meine Distanz gewachsen und mit ihr die Gelassenheit. Als gingen mich diese Stadt, meine Freunde und Bekannten, sogar meine Arbeit auf einmal nichts mehr an, als könne all das auch gut ohne mich sein, als hätten mich der Olivenhain und die Nachbarin verändert und vielleicht sogar entwurzelt.

Das war natürlich Unsinn. Meines Wissens war ich weder verliebt in Frau Giannecchini noch hatte sie mir in irgendeiner Weise die Augen geöffnet, das Intermezzo in Arkadien war einfach ein Urlaub gewesen, aus dem ich innerlich noch nicht ganz wieder heimgekehrt war.

11

In den nächsten Wochen, bis die Manuskripte von den Lektoraten zurück sein würden, musste ich mich daran gewöhnen, ohne Struktur in den Tag hineinzuleben. Unterwegs ist das normal, aber zu Hause muss man es üben. Ich wusste, es würde seine Zeit brauchen, bis ich vielleicht sogar wieder Langeweile verspürte, aber das war das Ziel. Langeweile als Voraussetzung für Ideen.

Noch war die innere Betriebsamkeit nicht erlahmt, dafür reichte eine Woche Urlaub nicht, deshalb machte ich mich nach dem Frühstück daran, meine Wäsche zu bügeln und dabei *L'Indiano* von Fabrizio de André zu hören. Hinterher räumte ich mein E-Mail-Postfach auf, löschte Spam, beantwortete alles andere und war bis in den Nachmittag hinein damit beschäftigt.

Als ich fertig war und zu einer Seite mit Polizeimeldungen in der Region wechseln wollte, die ich alle paar Tage zur Inspiration besuche, kam eine neue Mail von der Agentur, bei der ich das Haus gebucht hatte.

Es täte ihnen leid, dass mein Aufenthalt gestört worden sei, und sie überwiesen mir auf Wunsch der Vermieterin den gesamten Mietpreis zurück. Die Summe werde binnen der nächsten drei Arbeitstage auf meinem Konto eintreffen.

Einen Moment lang freute ich mich, aber je länger ich darüber nachdachte, desto übertriebener fand ich diese Geste. Schon das heimliche Bezahlen des Hotels hatte mir ein seltsames Gefühl, hintergangen worden zu sein, beschert. Irgendetwas daran war nicht in Ordnung.

Vielleicht störte mich nur die Unangemessenheit der Reaktion, ich hatte meinen Aufenthalt bis zum turbulenten verfrühten Ende genossen, vielleicht aber auch, dass sie meinen ausdrücklichen Wunsch, das Hotel selbst zu bezahlen, einfach ignoriert und unterlaufen hatte. Diese achthundertvierzig Euro Miete, die morgen schon auf meinem Konto eintreffen konnten, hatten etwas Arrogantes.

Die SMS, die mir spontan eingefallen war: *Und was ist mit den Spritkosten?,* schrieb ich nicht. Sie meinte es gut. Sie übertrieb nur. Dass ich mich überfahren fühlte, war zickig und der Freundlichkeit ihrer Geste ebenfalls unangemessen.

Schließlich, nach einigem Grübeln und einer letzten Tasse Cappuccino für diesen Tag, schrieb ich doch eine SMS: *Total übertrieben, aber DANKE.*

Ich räumte gerade die Tasse in die Spülmaschine, als ihre Antwort kam: *Aber gern geschehen.*

~

Wer zur Langeweile noch nicht bereit ist, räumt auf. Mir war unterwegs, als ich so viel an meine Mutter gedacht hatte, eingefallen, dass damals all die Bücher, die ich mitgenommen hatte, in den untersten beiden Reihen meines Regals gelandet waren. Unsortiert. Ich hatte einfach Handvoll für Handvoll hineingestellt und mir vorgenommen, sie irgendwann durchzusehen und alphabetisch zwischen die anderen Bücher einzureihen.

Ich setzte mir keine Kopfhörer auf, als ich das nun in Angriff nahm, ich wollte hören, wenn Martina und Nick nach Hause kamen, um ihnen meine Mitbringsel zu überreichen.

Einige Bücher sortierte ich aus, nachdem ich die beiden Regalfächer geleert und die Bücher in Stapeln vor mir aufgetürmt hatte. Ratgeber über Ernährung, Esoterisches und Romane, die einen süßlichen Umschlag hatten, kamen auf einen Stapel, den ich in den nächsten Tagen beim Casablanca-Kino ins Regal stellen würde. Dort hatte ich hin und wieder eigene Werke eingeschmuggelt und mich gefreut, wenn sie anderntags verschwunden waren.

~

Es war ein größeres Unterfangen, für knapp hundert Bücher immer wieder Platz im Regal zu schaffen. Mal genügte es, eine lockere Reihe einfach zu verdichten oder ein quer gestelltes Buch umzudrehen, aber immer wieder musste ich auch vom Ende her, beim Buchstaben Z, ganze Blöcke weiterrücken, um auf der vorherigen Strecke wieder Lücken zu schaffen.

Mein Verschenkstapel vergrößerte sich, weil ich bei dieser Gelegenheit auch gleich Karl May, Edgar Wallace und Agatha Christie aussortierte. Ich kam nur langsam voran, weil ich natürlich immer wieder Bücher aufschlug und einige Zeilen las, sie umdrehte und den Klappentext ansah, mich an meine Mutter erinnerte, wenn etwas auf sie verwies, wie zum Beispiel bei Büchern über Gärten – sie hatte sich immer einen gewünscht, aber nie einen gehabt – oder über den Bau der Kuppel von Brunelleschi in Florenz.

Als ich ein italienisches in der Hand hielt und auf den Stapel zum Verschenken legen wollte, irritierte mich etwas, und ich sah es mir genauer an. Es war der Autorenname. Livia Bruckheimer.

Beide Namen, Vor- und Nachname, schrien mich gewissermaßen an. Bruckheimer hatte der Ami geheißen und Livia meine Nachbarin.

Das Buch war in dunklem Grau gehalten und enthielt nur Schrift auf dem Umschlag. Der Titel war *La neve di hieri*. Der Schnee von gestern. Ich schlug es auf.

Die leere Seite vor dem Titel enthielt eine gedruckte Widmung – *Per Marion* – und darunter stand handschriftlich: *la madre dei miei sogni – die Mutter meiner Träume*.

~

Eine Zeit lang war ich nur dagesessen und hatte dem Rieseln des Mosaiks in meinem Kopf zugehört, registriert, wie sich ein Steinchen zum anderen fügte und nach und nach ein Bild ergab: Livia als Kind, ihr Vater in Uniform, meine Mutter als der Engel, der sich wieder zurückgezogen hatte, die ebenfalls deutsche Nachfolgerin, die vom Vater als Ersatz geheiratet für Livia zum Albtraum geworden war.

Ich erwachte irgendwann aus meiner Erstarrung und las die ersten Zeilen: *La madre dei miei sogni era con me solo per un'estate. Era la donna più bella e amichevole del mondo. Voleva sposare mio padre, ma aveva un figlio che non voleva lasciare suo padre. E siccome non voleva lasciare suo figlio, è scomparsa dalle nostre vite così come era venuta. Timido e pieno di gentilezza, triste e coraggioso come un soldato che deve tornare in guerra.*

Die Mutter meiner Träume war nur einen Sommer lang bei mir. Sie war die schönste und freundlichste Frau der Welt. Sie wollte meinen Vater heiraten, aber sie hatte einen Sohn, der seinen Vater nicht verlassen wollte. Und da sie ihren Sohn nicht verlassen wollte, verschwand sie aus unserem Leben, wie sie gekommen war. Scheu und voller Güte, traurig und tapfer wie ein Soldat, der zurückmuss in den Krieg.

Ich saß da, spürte, dass mir das Knie auf dem harten Boden wehtat, spürte, dass mir eine Träne übers Gesicht lief, hörte, dass in die Wohnung unter mir wieder Leben einkehrte, und rührte mich nicht.

Was für ein Anfang.

Warum ich nicht weiterlesen wollte, jedenfalls vorerst nicht, war mir nicht klar, aber ich wusste, es war Livias Stimme, die diesen Text tragen würde, und diese Stimme hatte einen traurigen Ton. Meinetwegen.

Ich legte das Buch auf den Boden, holte mein iPhone und fotografierte es. Dann schickte ich das Bild per SMS an Livia. Ohne Kommentar.

~

Es war nach elf Uhr nachts. Ich öffnete eine neue Flasche Wein, den Brunello vom Beifahrersitz, und wartete. Keine Antwort.

Mir fiel ein, dass ich ihren Namen googeln konnte, und als ich die Ergebnisse sah, fand ich mich lächerlich, wie ich ihr nahegelegt hatte, sie solle doch schreiben. Aber zur Peinlichkeit meines jovial-väterlichen Rats kam die Sicherheit meines Urteils, und darauf war ich ein bisschen stolz.

Sie hatte vier Romane veröffentlicht. Drei davon lagen bei Amazon Italia auf guten Verkaufsrängen, vierstellig und fünfstellig. *La neve di hieri* war ihr Erstling gewesen und hatte siebenunddreißig Rezensionen.

Zurück bei Google sah ich, dass es mehrere Hundert Einträge über sie gab. Artikel in Zeitungen, Ankündigungen, Fernsehinterviews bei YouTube, Lesungen und eine Autorenseite bei Mondadori, ihrem Verlag.

Der einzelne Glockenton meines Handys signalisierte, dass sie geantwortet hatte:

Oops.

Mehr nicht.

Warum hast du nichts gesagt?, schrieb ich.

Wollte mehr Zeit zum Nachdenken haben, schrieb sie umgehend zurück.

Worüber?, schrieb ich.

E-Mail?, schrieb sie.

Okay, schrieb ich.

~

Alle paar Minuten drückte ich den Abholknopf meiner Mailsoftware, dazwischen saß ich nur da, hörte die seltenen nächtlichen Geräusche von der Straße durchs offene Fenster, mal ein Auto, mal Passanten im Gespräch und mal das Zuschlagen eines Fensters, und dachte wieder und wieder, dass es solche Zufälle nicht gibt. In Büchern sind sie absolut verboten, in Filmen, zumindest wenn sie komisch sind, beliebt, aber im wirklichen Leben kommen nicht genau die beiden Menschen zusammen, die aus ihrer Kindheit noch eine Rechnung miteinander offen haben. Jedenfalls nicht, ohne dass einer von ihnen das Treffen herbeiführt.

Es war albern, mir dieses Mantra immer wieder vorzusagen, es war widerlegt, es hatte auch nichts mit Denken zu tun – eher war es eine Art Heißlaufen meines verwirrten Gehirns. Mehr als dieses das-gibt's-doch-nicht, brachte es einfach nicht zustande.

~

Als die Mail endlich kam, war es kurz vor halb zwei, wir setzten die Tradition unserer nächtlichen Gespräche fort. Ich sah sie vor mir in ihrer Wohnung in Pisa, den Laptop vor sich am Schreibtisch oder auch am Küchentisch, ein Glas Wein in Reichweite und die Lesebrille auf der Nase.

Caro Filippo,
noch immer weiß ich nicht, ob ich es dir gesagt hätte, wenn du nicht durch mein Buch darauf gestoßen wärst. Als dein Name vor vier Wochen auf dem Anmeldeformular auftauchte, dachte ich zuerst, das ist einer, der eben auch so heißt, aber als ich bei Google nachsah, warst du unter den Schauspielern, Fußballern und sonstigen Dorns der Ein-

zige aus Wertheim und Nürnberg, also stellte ich mich der Herausforderung, dir tatsächlich über den Weg zu laufen.

Wäre das vor zwanzig Jahren passiert, dann hätte ich mir vorgenommen, dich irgendwie zu bestrafen, dich vielleicht zu verführen, von mir abhängig zu machen und dann ebenso hängen zu lassen, wie Marion meinen Vater und mich deinetwegen hängen lassen musste. Ein paar Jahre lang warst du nämlich die Symbolfigur meines Kummers. Dir gab ich die Schuld an der Sauferei meines Vaters, an seiner Dummheit, sich von der Hexe aus dem Sumpf ziehen zu lassen, an der erneuten Sauferei, in die er wieder abrutschte, als er begriff, wer sie war, an seiner Feigheit, sich in den Nahen Osten abkommandieren zu lassen und mich mit der Megäre nach Deutschland zu schicken, alles, was bis dahin in meinem Leben schiefgelaufen war, lag an dir.

Seither ist aber viel passiert. Ich habe irgendwann verstanden, dass ich als Einzige die Verantwortung für mich habe, wie auch immer mein spezieller Charakter zustande gekommen sein mag, ein kleiner Junge, der seine Freunde nicht verlassen will, ist ebenso Schicksal wie eine Hasenscharte, ein Unfall oder ein Talent.

In dieser Zeit lief auch nichts Wesentliches mehr schief, ich hatte Glück im Leben, in der Liebe, im Beruf, und daran hat der kleine Junge seinen Anteil. Mein erstes Buch erzählte von der Sehnsucht nach deiner Mutter. Ich hatte Glück mit diesem Buch und mit den folgenden, ich kann vom Schreiben leben und fühle mich noch nicht ausgebrannt.

Als ich sicher war, den richtigen Phillip Dorn zu treffen, dachte ich, die Gelegenheit nehme ich wahr und schaue mir an, was aus dir geworden ist. Ich las ein Buch von dir Der Schlüssel ohne Tür *und fand es gut, und ich las ein Interview mit dir, ein paar Zeitungsartikel und Rezensio-*

nen und begann die Hoffnung zu hegen, du mögest kein unangenehmer Mensch sein.

Ich wollte nicht nur wissen, was du für ein Mensch bist, sondern auch und vor allem, ob du deine Mutter so geliebt hast, wie ich sie geliebt hätte, ob du es wert sein würdest, dass sie dich uns beiden vorzog.

Einen Tag vor deiner Ankunft verließ mich aber der Mut, und ich dachte, das ist alles Unsinn. Dieser Mann gehört nicht in mein Leben. Was soll ich ihn ausfragen. Wozu. Es gibt nichts zu klären, nichts zu verstehen, die Vergangenheit ist vorbei, Marion ist gestorben, wir beide sind nicht als Geschwister aufgewachsen, uns verbindet nichts außer der märchenhaften Fiktion, zu der ich deine Mutter gemacht hatte. Und da diese Frau für dich keine Fiktion, sondern Wirklichkeit war, verbindet uns nicht einmal das.

Ich bat Ludovica, dich in Empfang zu nehmen, und überlegte sogar, ob ich nicht lieber in Pisa das letzte Kapitel meines neuen Buches schreiben sollte. Dann fand ich mich selbst hysterisch und blieb.

Du ahnst es schon: Ich habe dich durch die Hecke beobachtet. Was ich sah, gefiel mir. Ein nackter Mann, der in sich hineinzuhorchen schien.

Nachdem es sich dann als so leicht herausgestellt hatte, mit dir zu reden, vergaß ich mein künstliches Desinteresse und genoss es. Ein bisschen versuchte ich auch, dich auszuhorchen, aber es verlor seine Wichtigkeit. Der kleine Junge war Geschichte, der Mann vor mir am Tisch im Garten genügte und gefiel mir – es war schön, mit dir zusammen zu sein.

Bitte verzeih mir meine Lügen, die Doktorarbeit und das mit der Professur. Ich bin zwar tatsächlich halbtags an der Uni, und es ist tatsächlich economia, was ich unterrichte, aber das tue ich nur, um den Boden nicht zu verlieren. Ich konnte mich dir nicht als Kollegin zu erkennen geben, denn dann hättest du nach meinen Büchern gefragt, und ich hätte dir meinen Geburtsnamen sagen müssen. Ich wusste nicht, ob deine Mutter dir diesen Namen gesagt hatte, und ich wollte nicht, dass du weißt, wer ich bin. Ich wollte dich einfach besichtigen. Den Mann kennenlernen, der vielleicht mein Bruder geworden wäre. Die Gelegenheit hatte sich ergeben, und ich nahm sie wahr.

Ich bin froh, dass ich das getan habe. Der kleine Junge von damals spielt keine Rolle mehr in meinem Leben. So, wie ich mich mit fünfzehn von der Raupe zum Schmetterling gewandelt habe, hast du dich irgendwann in den letzten dreißig Jahren vom Rumpelstilzchen meiner Fantasie zum erwachsenen Mann in der Realität gewandelt.

Ich weiß nicht, ob ich es gut finde, dass du das Buch gefunden und mich entlarvt hast. Einerseits spüre ich ein Gefühl der Erleichterung beim Schreiben dieser Mail, etwa so, als gäbe ich ein bedrückendes Geheimnis preis, aber andererseits wollte ich dich nach der heimlichen Besichtigung deiner Wege ziehen lassen und nicht in eine Geschichte verwickeln, die nicht deine ist.

Seit ich begriffen habe, dass man nicht in einem historischen Konjunktiv leben kann, sowenig wie man die Vergangenheit ändern oder sich einer Zukunft sicher sein kann, weiß ich auch, dass ich der Gegenwart nicht ausweichen kann. Und in dieser Gegenwart hast du das Buch gefunden, und es ist eben so, wie es ist. Ich bedaure es nicht. Es täte mir nur leid, wenn ich dich mit etwas belastet hätte, das du nicht tragen musst.

Ich bin noch in Arezzo und muss mich wieder meiner

Freundin widmen, die eine ebensolche Eule ist wie du und ich, deshalb antworte mir, falls du das überhaupt vorhast, bitte erst morgen. Falls nicht, sei versichert, dass ich mich freue, dich getroffen zu haben, und dass du mich in Gesten und Tonfall manchmal an deine Mutter erinnerst.

Cordiali Saluti

Livia

~

Da ich wusste, dass ich jetzt nicht schlafen würde, setzte ich mir Kopfhörer auf, stellte Aschenbecher und Weinglas neben mir auf den Boden, hörte das erste Album von Leonard Cohen, das meine Mutter so gemocht hatte, später noch sein drittes und eines der viel späteren, und machte so lange weiter, bis alle Bücher im Regal verschwunden waren.

Ich dachte nicht wirklich nach über Livia, ich sah nur Bilder von ihr, nackt im Mondlicht, zitternd vor Zorn und Ohnmacht im aufgerissenen Bademantel, winkend auf ihrem Balkon, und diese Bilder verbanden sich mit Cohens fiebriger Ruhe, ich nahm diese Bilder mit in den Schlaf, als ich fertig war und tatsächlich müde ins Bett fiel, der Bademantel war zum blauen Regenmantel mutiert, Livia bot mir Tee und Orangen an, und jemand spielte auf einer brennenden Geige.

12

Ich wollte ihr schreiben, aber es gelang mir nicht. Halbe Sätze brachte ich gerade noch zustande, und dann löschte ich sie wieder, weil mir alles entweder falsch, unwichtig oder uninteressant erschien. Schreibblockaden hatte ich schon erlebt, das hat jeder von uns durchgemacht, aber dass es so etwas auch bei E-Mails geben konnte, war mir neu.

Nachdem ich mehr als eine Stunde ergebnislos vor dem Computer gesessen und ins Leere gestarrt hatte, gab ich auf. Eine SMS brachte ich zustande: *Will dir antworten, aber finde keinen Anfang.*

Ihre Antwort kam fast sofort: *Das macht nichts. Irgendwann.*

Ja, schrieb ich zurück.

~

Ich redete mir ein, ich hätte Sehnsucht nach Joe, aber in Wirklichkeit war mir seit dem Aufstehen das Grab meiner Mutter nicht mehr aus dem Kopf gegangen. Ich tankte voll und fuhr durch die Waschstraße, dann auf die A 3 in Richtung Würzburg, und weil sie jetzt am Montagmittag ziemlich frei war, ließ ich Joe losrennen und zeigen, was in ihm steckte. Schneller als zweihundert fuhr ich nicht, und das nur selten, aber mit hundertachtzig an allen anderen vorbeizuschnüren fühlte sich gut an, und ich brauchte nur wenig mehr als eine Stunde, bis ich in Wertheim vor dem Friedhof parkte.

Ich kaufte einen Strauß Rosen, je drei weiße, blassrote, blassgelbe und orangefarbene, ließ mir Schleierkraut, vier tiefdunkel burgunderrote Ranunkeln und eine blaue Lilie dazubinden, kaufte eine robuste Vase aus hellblauem Steingut und fragte, wo auf dem Friedhof überall Wasserhähne waren, an denen ich sie füllen konnte. Ich war mir sicher, das Grab sofort zu finden, aber ich vertat mich zweimal mit den Wegen nach links, bis ich es endlich tatsächlich fand.

Es war kaum wiederzuerkennen. Der rechteckige Stein aus dunklem Granit mit der Aufschrift *Marion Dorn, geb. Brandeis 24. Sept. 1942–19. Aug. 2014* hatte sich natürlich nicht verändert, aber die Bepflanzung, für deren Pflege ich die Friedhofsgärtnerei bezahlte, sah nicht mehr so bieder und dezent aus wie beim letzten Mal, als ich vor zwei Jahren hier gewesen war. Jetzt wuchs nah am Grabstein ein roter Ahorn, der sich über Begonien, Tränende Herzen und einen Farn wölbte, Lavendel, eine Staude mit breiten rostfarbenen Blättern und ein filigraner Bodendecker wechselten sich ab mit Waldmeister und buschigen weißblühenden Pflanzen, die ich nicht kannte. Es war sehr schön und voller Liebe komponiert.

Ich fand nah am vorderen Rand des Grabes eine Stelle, auf die ich meinen Strauß stellen konnte, ohne etwas zu zerdrücken, blieb in der Hocke, bis mir die Beine wehtaten, und ging dann ein paar Schritte zurück, um ein Foto zu machen.

Ich brauchte drei Versuche, bis es mir gut genug erschien, dann schickte ich es, wortlos wie gestern Abend das von dem Buch, an Livia.

Ich wusste, dass du heute da sein würdest, antwortete sie.

Hast du sie mal besucht?, schrieb ich.

Ein Mal. Da habe ich mein Buch gebracht. Es war uns beiden ein bisschen peinlich, antwortete sie.

Sollen wir uns an ihrem Geburtstag hier treffen?, schrieb ich.

Ja, schrieb sie.

Ich freue mich, du wohnst bei mir, schrieb ich.

Bis dann, schrieb sie zurück, *ich freue mich auch.*

~

Ich stand noch eine Zeit lang da und versuchte, an meine Mutter zu denken, aber sie kam nicht klar vor meine Augen. Sie war jetzt dieses Grab. Es passte zu ihr, fand ich. Mild, schön, froh und stolz.

Als eine magere, vor sich hin summende Gärtnerin mit einem Wagen voller Gerätschaften und Pflanzen in meine Richtung kam, ging ich los zum Ausgang. Ich hatte mir vorgenommen, Carola zu besuchen und ihr für diese liebevolle Grabpflege zu danken.

Ich nickte der Gärtnerin zu, als ich auf ihrer Höhe war, und sie sagte: »Das ist das schönste Grab auf dem ganzen Friedhof. Ihre Mutter?«

»Ja«, sagte ich.

»Leben Sie in Italien?«

»Nein. Warum?«

»Weil die Frau, für die ich das mache, immer aus Italien anruft. Ich dachte, es sei Ihre Frau. Ich schicke ihr immer Fotos, und wir besprechen dann wie und was.«

»Giannecchini?«

»Ja, so heißt sie.«

»Das ist meine Schwester.«